スキル『日常動作』は最強です

Skill "nichijoudousa" ha saikyo desu

ゴミスキルとバカにされましたが、実は超万能でした

Mei
メイ

Illustration
かれい

レイン
レクスが森で
出会った綺麗な
青い毛並みが
特徴的な
狼の魔物。
レクス
優しく好奇心旺盛な
“無職”の少年。
役立たずとして家を追われ、
謎スキル『日常動作』
だけを頼りに冒険の
旅に出る。
エレナ
謎多き
奴隷の女の子。
内気で言葉数
少なめ。

シュレム
ネスラ家に
仕えるメイドで、
レクスの
お姉さん的な
存在。
フィア・ネスラ
王国最強と言われる
ディベルティメント
騎士団の団長。
セレス・ネスラ
フィアの姉。
王国の政治に
携わる。
登場人物紹介
Main Characters

第一章　王都へ

「うむ……レクス、お主の能力ははっきり言って農民より低い。いわゆる役立たずというやつじゃ」

レクスは適性検査の場で、鑑定士のおじいさんのグルデックにそう言い渡された。適性検査とは十二歳になった子供が受ける、ここクジャ村のしきたりだ。

「え……それは一体どういう事ですか……？」

レクスはグルデックのあまりに辛辣な言葉に戸惑う。

「ステータスオープンと唱えるのじゃ。そうすればわかる。いかに自分がクズかがの」

レクスは、グルデックに言いようのない怒りを覚えたが、ステータスを確認しない事には、何もわからない。レクスはステータスを確認するために教えられた言葉を唱える。

「ステータスオープン」

するとレクスの目の前に、いくつかの数字や文字が現れた。

○レクス
【ＬＶ】１

【体　力】　10／10　【魔　力】　10／10
【スキル】『日常動作』

レクスは絶句した。あまりにも数値が低かったからだ。普通の村人でも最低５００はあると言われている体力と魔力が、レクスには１０しかない。

それに、通常は体力と魔力以外にも色々な項目があるはずなのだが……どういうわけか、レクスのステータスにはなかった。

絶望するレクスを見て、グルデックが言う。

「どうじゃ？　確認できたじゃろ。体力１０に魔力１０！　おまけにスキルは……『日常動作』？　なんじゃそれは。どうせ、雑魚（ざこ）スキルじゃろう。しかも普通は〝騎士（ナイト）〟や〝魔術師（まじゅつし）〟などの職業があるというのに、それすら記されていない！　これほどまでのクズをわしは見た事がない！」

グルデックの大声は、適性検査を受けに来た子供達や、レクスの両親にも聞こえている。表には出さないが、レクスの両親はレクスの事をあまり好いていない。ステータスがここまで酷いとわかれば、彼らはレクスを見放すだろう。

「クスクス……あの子のステータスはゴミね」

「両親がかわいそうだな」

案の定、そんな声が聞こえてくる。

優しかった村の人達が蔑（さげす）むような目でレクスを見ている。

「……帰りますかね」

彼はそう呟くと、そそくさとそこから離れた。

＊＊＊

家に帰ったレクスに、あとから戻ってきた彼の父親は言った。

「……なあレクス。シルリス学園に行ってみたらどうだ？」

「シルリス学園？」

「ああ。あそこなら知識も得られるだろうし、独り立ちの準備としては最適な場所だろう」

シルリス学園は王都にある教育施設で、どういうわけか、入学試験がない事で有名だった。つまり、魔力も体力もないレクスでも、唯一入る事ができる学園なのだ。

しかし、入学するには金がかかる。

レクスがその事を尋ねると、父親がうんざりした顔で告げる。

「それなら、これを入学費の足しにしてくれ」

父親は金の入った袋を懐から取り出してレクスに渡した。

中を見ると、入っていたのは王国で流通している通貨だった。額は三万セルクほど。

これでは一ヵ月生活する事もままならない。

つまり、自分で稼げと……そういう事だろう。

父親は露骨に、レクスに早く出ていってもらいたそうにしていた。

「……ありがとうございます」

レクスはそれだけ言うと、自分の部屋に向かった。泣きそうだったし、家族にすら見放されたのがショックで、とにかく早く父親の前から立ち去りたかった。

レクスは自分の部屋の前まで来ると、ドアを開けて中に入る。

「……」

そのままベッドに倒れ込み、静かに涙を流した。

「こんなはずじゃ、なかったんですけどね……」

レクスはこのような事になるとは予想だにしていなかった。今日の適性検査を終えたら、またいつも通り過ごせると思っていたのだ。

しかし、この世界ではステータスが全てであり、親子の絆(きずな)さえもステータスの前では無意味なのである。

「本当におかしいですよ……なんで僕だけ……」

泣いているうちにまぶたが重くなってきた。今日は色々な事がありすぎて疲れてしまった。

レクスは急な眠気に身を任せ、そのまま眠りについたのだった。

＊＊＊

その翌日——

「レクス、気を付けてな」

「レクス、気を付けるのよ」

父親と母親の形ばかりの挨拶を受け取ったレクスは、無理やり笑みを浮かべた。

「ありがとうございます……今までお世話になりました」

レクスは頭を下げ、荷物を持って歩き出す。

少し歩いて振り向くと、すでに家のドアは閉まっていた。

「やっと出てってくれたな！　あのゴミ虫が！」

「馬鹿！　あなた、声が大きいわよ……！」

二人の会話が聞こえた。

好かれていないとは思っていたが、ここまで嫌われているとは思わなかった。泣きたい気持ちを堪(こら)えてレクスは前を向く。

ここから王都までは歩いて四日くらいだ。

道中では必ず魔物に出くわすだろう。そうしたらレクスは抵抗するまでもなくやられる。何せ、ステータスがゴミなのだから。

レクスは、それ以上考えないようにした。あまりにも悲しくて、涙が込み上げてきたからだ。

「さようなら……クジャ村」

レクスはポツリとそう呟くと、村をあとにした。

＊＊＊

村から出てすぐそばにあるユビネス大森林帯。

王都を目指すレクスは、森の中を進んでいた。

今のところ、魔物には出くわしていないが、いつ襲ってくるかわからない。そんな恐怖が常にあった。

レクスはあたりを見渡しながら進む。魔物に遭遇するのはなるべく避けたい。いや、絶対に避けなければならない。

早く森を抜けようにも、歩いても歩いても景色は変わらない。一本道がずっと続いているだけだ。

「……これをあと四日も……心が折れそうですね……」

そう独りごちる。

レクスはただ平穏に暮らしたいだけだった。それなのに、ステータスが低いという理由で全てが変わってしまった。理不尽だと思った。

「これからの生活をどうしましょうか……」

レクスがそう呟いた時――

カサカサ、カサカサと物音が聞こえた。

レクスは息を呑んで警戒する。魔物じゃない事を祈ったが――

「……ウルフ」

狼型の魔物、ウルフ。比較的倒しやすい魔物であると言われている。攻撃力はさほどなく、素早いのが特徴だという。

だが、それは全ステータスが５００以上の場合だ。レクスが倒すのは無理だ。

「僕の人生もここまでか……」

短い人生だったが、そういう運命なのだろう。もう少し生きたかったな、とレクスは思った。

しかし、そんな事を考えているレクスの前に、ステータスを表示した時のような画面が現れた。

◇『見る』を使用しますか？　はい／いいえ

突如出現した謎の画面に、レクスは困惑した。

「『見る』ってなんでしょうか……いや、それよりもこの画面は……」

そう疑問に思ったものの、ウルフに襲われそうな今、迷っている暇はない。

レクスはとっさに「はい」を選択した。その瞬間――

○ウルフ

【ＬＶ】７

【体力】１２５０／１２５０　【魔力】１３８５／１３８５

【攻撃力】　832　　【防御力】　1027
【素早さ】　2138
【スキル】『脚力強化（弱）』『威圧（弱）』

ウルフのステータス画面が表示された。

なぜこのような画面が現れたのか、レクスに思い当たるのは一つだけ。彼のスキル『日常動作』だ。なんでこの状況で発動したのかはわからないが。

いずれにせよ、レクスとウルフのステータスの差は開きすぎている。これでは、レクスに勝ち目はない。

「グルウウウゥ……」

ウルフは敵意剥き出しの様子でレクスを見ている。

ステータスが見えたところで状況は変わらない。このまま自分はウルフにやられてしまうだろう。

レクスがそう諦めかけたその時――

◇『発散』を使用しますか？　はい／いいえ

再びレクスの目の前に画面が現れた。

わけがわからなかったものの、レクスは半ばやけくそで「はい」を選択する。

しかし——

「……っ。何も起きないじゃないですか！」

ウルフに変化はなかった。

レクスは悔しくて唇を噛みしめた。ウルフ一匹にすら勝てないのか、と。

彼は諦めて、ウルフの攻撃を待った。

「……？　一向に攻撃が来ませんね」

不思議に思ったレクスはもう一度ウルフを見た。

彼の目の前でウルフが倒れている。

「⁉　死んでるのですか⁉」

慎重に近づいて確認すると、ウルフはすでに息絶えていた。

「一体どういう事なのでしょうか……？」

レクスがそう呟くと、画面が現れる。

◇『取る』項目を一つ選んでください。
【体　力】　１２５０　【魔　力】　１３８５
【攻撃力】　８３２　【防御力】　１０２７
【素早さ】　２１３８
【スキル】『脚力強化（弱）』『威圧（弱）』

「……？　なんですか、これは？」

　表示されているウルフのステータスのうちどれか一つを選び、自分のステータスに追加できるのだろうか？　だとすると、ステータスの低いレクスには願ってもない機会だ。これは慎重に選ぶ必要がある。

「今はとりあえず死なない事を最優先にしたいですね……」

　レクスは体力を選択した。

○レクス
【ＬＶ】４
【体力】１２７２／１２７２　【魔力】２２／２２
【スキル】『日常動作』

「レベルも少し上がってますね。ウルフを倒したからでしょうか」

　レクスの今の体力が、もとの体力とウルフから取った体力を合わせた数値よりもやや多くなっているのは、レベルが上がったおかげだろう。

　レクスは自分で下した決断に納得して頷いた。

「これならなんとかなりそうですね」

レクスはそう呟くと、一本道を再び進み始めた。


「『発散』！」

ゴブリンに向けて『発散』を発動するレクス。

「グギャギャ……？」

すると、ゴブリンから段々力が抜けていく。やがて立っている事ができなくなったゴブリンは、そのまま地面に倒れた。

「ふぅ……なんとか倒せましたね……」

◇『取る』項目を一つ選んでください。
【体　力】1560　【魔　力】1000
【攻撃力】1108　【防御力】846
【素早さ】512　【知　力】1704
【スキル】『意志疎通（ゴブリン語）』『乱打』

「うーん……次は何を取りましょうか。魔力を取ってみたいですが……」

レクスは魔法系のスキルがなく魔法が使えないので、今魔力を上げたところで意味がなかった。

「ここは攻撃力を取りましょう」

○レクス
【ＬＶ】９
【体　力】８７６３／８７６３　【魔　力】３７／３７
【攻撃力】１１０８
【スキル】『日常動作』

レクスはこれまで何度か魔物を倒してきて、スキル『日常動作』についていくつかわかった事があった。

おそらくこのスキルは、その名の通り日常的な動作をそのままスキルに反映したものだ。つまり、物を『取る』、汗を『発散』するといった具合に〝日常動作〟がスキルのもとになる。

『見る』が鑑定になるのは言わずもがなだが、『発散』についてはレクスもよく理解できていなかった。

強いて推測するなら、『発散』というスキルは、相手の魔力を強制的に排出させるのではないだろうか。

魔物は魔力を体全体に巡らせて生きているという。その魔力を体から排出させたらどうなるか。

答えは至って簡単、〝死ぬ〟だ。

なお、新しいスキルの発動条件はわからない。一度使えるようになった『見る』や『発散』はいつでも発動できるようだが……

「それにしても、暗くなってきましたね……」

随分と日が落ちて、周囲は薄暗くなっていた。道はかろうじて見えるものの、このまま進むのは危険だ。

「安心して眠れる場所はなさそうですね……」

いつ魔物が襲ってくるかもわからない中、落ち着いて寝られるほど、レクスは肝が据わっていない。

レクスがどこで夜を明かそうかと考えていると、唐突に画面が現れる。

◇『見る』を使用しますか？　はい／いいえ

「魔物でも出たんでしょうか……？」

レクスはそう口にしながら「はい」を選択する。すると――

「ん……？　さっきよりも道がはっきり見えるような……これも『見る』の効果なのでしょうか？」

レクスの視界には、先ほどまではほとんど見えていなかった道が映っていた。

「『見る』は鑑定だけではなかったんですね。スキルの効果は必ずしも一つではないという事ですか」

レクスは感心したように呟いた。暗闇に対応できるようになったが、寝場所を確保するという目的はまだ果たせていない。

「徹夜で歩き続けるわけにもいきませんしね。それこそ危険です」

睡眠不足で集中力がなくなれば、魔物が不意に襲ってきた時の対処が難しくなる。

レクスが考え込んでいると、再び目の前に画面が現れた。

◇『作る』を使用しますか？　はい／いいえ

「『作る』……これは寝床を作れるって事なのでしょうか」

あまりの都合のよさに、レクスは苦笑しながら呟いた。

「もしそうならなんとかなりそうですね」

迷わず「はい」を選択する。

◇『作る』ものを一つ選んでください。
【小屋】【住宅】【硬級住宅】


「小屋と住宅はわかりますけど……なんですか〝硬級住宅〟って」

それを言うなら高級住宅ではないのか……いやでも、イメージ的には一番心強い気がする。

「……硬級住宅にしましょう」

レクスは迷った末に〝硬級住宅〟を選んだ。

◇サイズを一つ選んでください。

【一階建て】【二階建て】【三階建て】


魔物に襲われる心配もあり、あまり目立ちたくなかったので、レクスは〝一階建て〟を選択した。

その瞬間――

周りにあった木が光の粒子となり、周囲に浮遊し出した。それらは一ヵ所に集まって大きな光の塊になったかと思うと、段々と形を成していき、やがて家になった。

その光景に目を見張るレクス。

「凄いですね……」

できたのは木造の一軒家。

レクスはでき上がった家に近づき、壁をコツコツと叩いてみる。

「……硬いですね。木でできているとは思えない」

鉄よりも硬そうだ。これなら魔物が襲ってきたとしても、心配はいらないだろう。

「……中に入ってみますかね」

レクスは家のドアを開けて中に入る。そこで再び驚いた。

家の中にはテーブルや椅子などの家具、キッチンまで備わっており、下手をすると、自分の家族が住んでいた家よりも設備が整っていたのだ。

「凄いですね……それじゃあ、肝心の寝室は……」

レクスは寝室をどこにすべきか、探し始めた。

まず、右奥のドアを開ける。

「……トイレでしたか。結構豪華ですね」

レクスは感嘆の声を漏らす。しかもこのトイレは、魔力を使えば水が流れる仕組みになっていた。水は貴重なので、トイレに水を流すなんて事はかなり珍しいのだ。

次に左奥のドアを開ける。

そこには何もない空間が広がっていた。

「ここがちょうどいいかもしれませんね。そういえば、ベッドって作れるのでしょうか？」

レクスはふとそんな事を思いつく。

ものは試しとばかりに唱えてみた。

「『作る』！」

すると、家を作った時のように光の粒子が集まってきた。光が一点に収束すると、あっという間に立派なベッドができた。

「やってみるものですね……」

レクスはベッドに近づき、倒れ込む。

眠り心地は申し分なさそうだ。レクスがそう思った途端、今までの疲れがどっと押し寄せてきた。

レクスはそのまま眠気に身を任せ、目を閉じたのだった。

＊＊＊

次の日。

「ここは本当に植物が多いですね……」

レクスは、視界を覆い尽くすように茂る草を掻き分けてユビネス大森林帯を進んでいた。草を掻き分ける音に、魔物が反応しないか心配していたが——

◇『取る』を使用しますか？　はい／いいえ

「え？　ここで『取る』ですか？」

草木を取ってくれるのだろうか。レクスは「はい」を選択した。すると、目の前の植物が一瞬で消えた。

「『取る』にはこんな使い方もあるんですね……」

こうして、レクスは二日目もスキルのおかげで順調に進む事ができた。

＊＊＊

さらにその翌日——

「グギャ！　グギャ！」

レクスの視線の先には、数匹のゴブリンがいる。

レクスはこの場をやり過ごすために、息を潜めて茂みに隠れていた。今のレクスでは、複数のゴブリンには到底勝てないからだ。

（ま、まずいです……！）

ゴブリン達がレクスの方へ近づいてきた。レクスの息が荒くなり、冷や汗が首を伝う。

（このままじゃ見つかってしまいます……）

レクスはイチかバチか、移動を試みようとした。

しかし——

バキィ！　下に落ちていた木の枝を踏みつけてしまった。当然、ゴブリン達もその音に気付き、レクスの方へ来る。

（ど、どこか隠れる場所は……！）

レクスは周囲を見回すが、そうこうしている間にも、ゴブリン達がゆっくりと近づいてくる。レクスの心臓が激しく鼓動する。

その時、また画面が現れた。

◇『立てる』を使用しますか？　はい／いいえ

初めて見た『立てる』が、この状況でなんの役に立つのかは全くわからない。だが、レクスに選択肢はなかった。

（考えている暇はありません！）

レクスが「はい」を選択すると……

ガサガサガサガサ！

向かいの茂みの木の枝が激しく揺れて音を鳴らした。どうやら、音を『立てる』という事らしい。

「グギャ!?」

ゴブリン達は、別の魔物が来ると勘違いして逃げていった。

「た、助かりました……」

安堵の息を吐くレクス。見つかっていたら今頃は……そう考えて彼はぞっとしていた。

この日はこれ以降、特に問題も起きず、無事に乗り切る事ができた。

＊＊＊

ゴブリンの危機をなんとか回避した翌日。

当初王都に着くと見積もっていた四日目である。

レクスは今日も鬱蒼と茂る森の中を歩いていた。

「もうそろそろ王都が見えてくる頃合いでしょうか？」

そう呟くレクス。

今までレクスが進んできた道は木が生い茂っていて、光の差し込む隙間がなかった。

だが、今は所々から光が差している。つまり大森林を抜けつつあるという事だ。これなら王都まであと少しのはず。

レクス自身、ここまで無事に来られるとは思っていなかった。

「このまま何事もなく王都に着けば良いのですが……」

レクスはそう呟きながら歩いた。

＊＊＊

一方その頃、ユビネス大森林帯、王都付近の別の場所では——

「オラ！　さっさと歩けよ！」

一人の男が幼い少女に苛立ちをぶつけていた。その後ろには、男と女が一人ずつおり、男が少女を怒鳴りつけるのを静観している。

少女は怯(おび)えていた。

「……は、はい……すみません……」

か細い少女の声に、男は激昂(げきこう)する。

「謝ってる暇があるならとっとと歩け！　お前は俺に雇われてるんだ。時間がねえんだよ！」

すると、怒鳴っている男の仲間の女が、顔を歪めて同調した。

「本当に……あなたの歩調に合わせる私達の身にもなってほしいわ」

男が続けて言う。

「……体ばかり育ちやがって、奴隷風情(どれいふぜい)が」

少女の体をなめ回すように見つめる男。少女は男の視線にさらに怯え、自分の腕で体を包むようにして後退(あとずさ)った。

その様子を見た男は、不気味に笑う。

「……はっ。まあ、いいさ。どうせお前は俺が買うんだからな」

少女は涙目になりながらも男を睨(にら)んだ。

「おー、こえーこえー」

男はそう言いながら嘲笑する。

少女は奴隷であり、男は少女を時間制限付きで貸し出してもらっていた。

なお、この世界において、奴隷は奴隷商が取り扱っている。奴隷商の商売方法は二種類あり、一つは奴隷を売る事、もう一つは奴隷を貸し出す事だ。

当然、借りる方が安い。ただし、貸し出す際に手の甲に契約の印が刻まれるため、時間を過ぎたり契約違反をしたりすると、奴隷は自動的に奴隷商のところへ送還されてしまうのだ。

男は少女を借りているものの、そのような事情のため少女に手を出したくても出せなかった。だが、それも今日まで。買い取ってしまえば、たっぷりと堪能できる。

男は少女を弄(もてあそ)ぶ妄想をする。自分が少女を〝女〟にしてやるのだ……

男が下心丸出しの笑みを浮かべると、その顔を見た仲間の女性が眉根を寄せて注意する。

「……ちょっと、気持ち悪いわよ」

「すまんすまん」

男は軽い口調で詫(わ)びた。

その時、周囲を警戒していたもう一人の男が近づいてきた。

「……魔物がこちらに来るぞ」

「どうせゴブリンか何かだろ」

先ほどまで少女の事で頭がいっぱいだった男はそう言いながらも、腰にある鞘(さや)から剣を抜き、戦闘態勢に入った。

すぐに木の茂みからそれが現れる。

「お、おい……あれは……」

剣を抜いた男は驚愕(きょうがく)の表情を浮かべた。

その魔物は、頭部に一本角を生(は)やし、全身真っ黒な毛に覆われていた。

「あ、ああ。間違いない……ブラックホーンウルフだ……」

もう一人の男が声を震わせた。

ブラックホーンウルフ——Aランクに相当する魔物だ。魔物は強さでランク分けされている。ゴブリンだったらDランク、ウルフだったらCランクといった具合だ。

ブラックホーンウルフはAランクの魔物の中でも気性が荒く、遭遇した者には容赦(ようしゃ)なく襲いかかる。

「ガルウウゥゥゥゥッ……」

ブラックホーンウルフは、鋭い目を男達に向けた。

この魔物は、彼らが相手にできるようなレベルではない。追い詰められた男達が考えた最善の策は——

「お、おい、お前。俺達の代わりに死んでくれ」

さっきまで少女をいたぶっていた男はそう言うと、彼女を前に押し出した。今、彼の頭の中にあるのは、自分が生き残る事だけだ。

「え……!?」

前に押し出された少女は困惑する。同時に、ブラックホーンウルフの圧倒的なオーラに、足を震わせた。

少女が後ろを振り向くと、すでに男達は逃げていた。

「あ……ああ……」

少女はその場に座り込んでしまった。

「ガルウウゥウゥウ！」

ブラックホーンウルフが牙を剥き、少女に襲いかかる。少女が目を瞑り、生きる事を諦めた時――

「『守る』！」

突如目の前に一人の少年が現れた。

＊＊＊

（ふぅ……なんとか間に合いましたね）

間一髪のところで少女をブラックホーンウルフから救ったレクスは、ホッと息を吐いた。

『守る』はその名の通り、見えない盾のようなもので対象を守るスキルだ。レクスはこれをつい先ほど使えるようになったばかりだった。

（それにしてもあの魔物は一体……？　今までの魔物とはまるでオーラが違いますね）

レクスは、自分が弾き飛ばした魔物がブラックホーンウルフだとは知らなかった。そもそも、数日前までは村の外にすら出た事がなかったのだ。

しかし、レクスは魔物に怯える事はなく、悠然と構えていた。それどころか、『日常動作』がなんとなくわかりつつあったので、ワクワクしている。このスキルがどこまで通用するのか、このス

キルで自分はどこまで強くなれるのか、試してみたい。そう考えていたのだ。

「ガルウウウゥウゥ！」

再び魔物が飛びかかってくる。

レクスはすかさず叫んだ。

「『発散』！」

だが、ブラックホーンウルフは勢いを緩める事なく、そのまま突進してくる。避け切れず、もろにくらってしまうレクス。

吹き飛ばされ、木に激突した彼は、呻き声を上げて地面に倒れる。

「ぐっ……くそっ……！」

レクスは痛みに耐え、起き上がる。すると――

◇『回復』を使用しますか？　はい／いいえ

もはや見慣れた画面が目の前に現れた。

（……本当にタイミングよく現れますよね……この画面）

だが、ここで回復しない手はない。レクスは「はい」を選択した。

突如レクスの体が淡い光に包まれる。

（おお！　痛みが段々引いていく……！）

光が消える頃には、レクスの傷は完全に癒えており、前よりも力がみなぎっているようにさえ思えた。

（これならいけるかもしれません！）

「ガルウウウゥ……」

ブラックホーンウルフは先ほどの『発散』で魔力を強制的に排出されて弱っていた。あともう一押しだとレクスは思った。

「『発散』！」

レクスは『発散』を重ねがけした。

「ガルウゥゥゥ……」

二度も『発散』をかけられたブラックホーンウルフは立つ事もできなくなり、最後は眠るように息絶えた。

今回の戦いは危なかった。人助けとはいえ無茶は控えようと、レクスは肝に銘じた。

レクスが乱れた呼吸を整えていると、またあの画面が現れた。

◇『取る』項目を二つ選んでください。

【体　力】	**15708**	**【魔　力】**	**19310**
【攻撃力】	**23583**	**【防御力】**	**12316**
【素早さ】	**26970**	**【知　力】**	**17049**

【スキル】『脚力強化（強）』『火魔法ＬＶ２』『風魔法ＬＶ３』『威圧（中）』

「うーん、魔法ですか……」

レクスはスキルの欄にあった『火魔法』と『風魔法』を見てそう呟く。

「魔法に憧れはありますけどね……でも、他の項目も取りたい……って二つ選べるようになったんですね。でも……」

二つ取れるのなら、魔力を取って、『火魔法』と『風魔法』のどちらかを取れば、魔法は使えるようになる。だが、体力だってまだ十分とは言えないし、他にも良さそうな項目がある。

レクスは悩みに悩んだ末に、体力と攻撃力を選択した。

ほっと一息吐くと、レクスはブラックホーンウルフに襲われていた少女の事を思い出した。慌ててあたりを見渡す。

「あれ、いませんね？」

レクスは首を傾げた。

「どこに行ったのでしょう？」

その後しばらく少女を探し回っていると――

◇『見る』を使用しますか？　はい／いいえ

レクスの目の前にまたもや画面が出現する。『見る』がなんの役に立つのかと思ったが、とりあえず「はい」を選択した。

すると、先ほど女の子がいたと思われる場所に円形の模様が浮かび上がった。レクスにはその模様に心当たりがあった。

「これは……魔法の痕跡？」

なぜこんなところに？　とレクスが疑問に思っていると、再びレクスの目の前に画面が現れた。


【強制送還魔法】

対象を魔法の使用者のもとへ強制的に送り届ける。主に奴隷に使われる。


画面に表示された説明を見て、なぜ少女が急にいなくなったのか納得する。

「……先ほどの少女は奴隷だったのですね。という事は、どこかの商会に強制的に送還されたのでしょうか……」

奴隷は基本的に商会の奴隷商が管理している。レクスが奴隷について知っているのはその程度しかない。

「それにしても、先ほどの少女は綺麗でしたね……」

レクスはぼんやりとしながら呟く。

サラサラの銀髪に黒い瞳。レクスは彼女にひと目惚れしていた。

「……まあ、今の僕にはどうする事もできないんですけどね」

レクスは自嘲気味に言った。

奴隷を買うには大金が必要で、その相場は百万セルクはくだらないという。一方、レクスが入学金として父親に渡されたのは三万セルク。到底手の届かない金額だった。

レクスがひとまず王都に向けて歩き出そうとした時、唐突にあの画面が現れた。

◇『見る』を使用しますか？　はい／いいえ

これ以上何を『見る』のかと思ったが、再び魔法の痕跡に目を向けて「はい」を選択する。すると――

【強制送還先】
王都　カフス地区　トゥオノ商会

「おお……凄いですね……」

強制送還先まで判明した。

でも、場所がわかったところで意味はない。やはり問題は金である。

能力が低く、仕事につけそうもないレクスに金を稼ぐ方法があるとすれば……

「……冒険者になるしかないですね」

冒険者とは、冒険者ギルドに登録し、活動している者の事を指す。冒険者はギルドから依頼を受け、依頼を達成すれば報酬を得る事ができるのだ。

「まあ、まずは学園に入学申請に行くところからですかね」

レクスはそう言うと、再び王都に向けて歩き出した。

＊＊＊

「次の者、前に」

王都の門を守る衛兵に指示され、レクスは目の前にある水晶に触れた。

この水晶は、過去に犯罪を犯してないか調べるためのものである。

「……よし、問題なし。通行を許可する」

衛兵の言葉にホッとした。

レクスは衛兵に会釈(えしゃく)すると門を通過し、王都に足を踏み入れた。

「……凄い。これが王都……」

故郷のクジャ村とのあまりの違いに、目を大きく見開くレクス。

王都は、クジャ村にはなかったようなお店やそこに集まる人達でとても賑わっていた。

今まで目にした事のない光景に、レクスの胸は高鳴った。そして、生きて王都に来られて良かった、と思った。

「さて、シルリス学園はどこでしょうか……」

そこで、レクスはふと気が付いた。

「そういえば場所がわかりません……」

レクスは通行人に道を尋ねながらシルリス学園へ向かった。

ようやくたどり着いたシルリス学園の入学申請所。

受付をしようとしたレクスは、驚きの情報を聞かされた。

「えっと……それって本当に本当なんですか？」

「ですから、本当です！」

受付の若い女性がだいぶ苛立った様子で言った。

「そ、そんなぁ……」

レクスは泣きそうになって呟いた。

＊＊＊

時は少し遡る。

レクスが入学申請所に着くと、受付には数人並んでいたものの、すぐに順番が回ってきた。

「こちらの申請書にお名前と職業、それと得意な魔法、または得意な剣術をお書きください」

しかし、レクスには職業はないし、魔法は使えない。剣術なんて習った事はなかった。

レクスは正直に名前以外全て空欄で受付の若い女性に渡した。レクスの申請書を見た受付の若い女性は訝(いぶか)しげな表情を浮かべる。

「あの……すみません、ほぼ空欄なのですが……」

レクスは曖昧(あいまい)な笑みを浮かべて答えた。

「……職業はありません。得意な魔法もありませんし、剣術に至っては剣を握った事すらありません」

隠してもいつかはバレる、だったら今のうちに言った方が良い、とレクスは思ったのだ。

「……そうですか。ですが大丈夫ですか？　シルリス学園は昨年から入学試験を取り入れています。そんなので受かるんですか？」

受付の若い女性は少し呆れたようにレクスに尋ねた。

レクスはそれを聞いて我が耳を疑った。

「……今、なんとおっしゃいました？」

「ですから、入学試験があるんです」

受付の若い女性は不機嫌にそう言った。

「……えええええぇぇぇぇぇ!?」

レクスは人目がある事も忘れて、大声で叫んだのだった。

「はぁ、なんでこうも理不尽が続くんでしょうね」

入学申請所をあとにしたレクスは呟いた。

ちなみに、他に選択肢はなかったので、結局試験に申し込んだ。申請には金がかかるとの事で一万セルクを支払い、残金は現在二万セルク。なお、さらにお金はかかり、入学費は二十万セルクだそう。

レクスは本格的に稼がないとヤバイという事を再認識した。

時刻はもう夕方近く。冒険者登録をして、急いで金を作らないと今日の宿すら確保できない可能性がある。

「冒険者ギルドに行きますか……」

そう呟いて、シルリス学園に行く途中に何やら出入りの多い建物があった事を思い出す。おそらくそこが冒険者ギルドだろうと考えたレクスは、ひとまず行ってみようと走り出した。

＊＊＊

「やはり、ここが冒険者ギルドみたいですね」

夕方という事もあり、冒険者ギルドは空(す)いていた。

レクスは冒険者ギルドを軽く見回すと受付に向かう。

受付には若い女性が立っていた。

「あの……すみません」

レクスは女性に声をかける。

「はい、何かご依頼でしょうか？」

「いえ……冒険者登録がしたいんですけど」

「承知しました。では、こちらの方にお名前と職業のご記入をお願いします」

女性はそう言うと、レクスに一枚の紙を渡す。レクスはまたかと思いつつも、とりあえず名前だけ記入して渡した。

それを見た女性は、シルリス学園の受付の人と同じく、訝るようにレクスに尋ねた。

「……すみません。職業を記入されていないようですが……」

レクスは今日何度目かわからない溜め息を吐いて答える。

「職業はありません……」

そう言うと、女性の表情はレクスを蔑むものに変わった。

「……そうですか。では、少しお待ちください」

女性は奥の引き出しからカードを取り出して、何やら作業を始めた。

しばらくして、女性は顔を上げるとカードをレクスに渡す。

「こちらは新規のギルドカードとなります。こちらに魔物の討伐数などが記載され、依頼を達成するとポイントが加算されます」

「ポイント……？」

「ポイントというのはですね……」

女性の話を要約すると次のような感じだった。

依頼にはEからSランクまでの難度があり、達成するとポイントを得る事ができる。ポイントが一定値まで貯まると冒険者ランクを上げられ、受けられる依頼が増えるらしい。

女性は説明を終えると、レクスに尋ねる。

「……以上ですが、他にご質問は？」

「あ、あと報酬の方は……」

レクスが一番気になるのはそこだ。

「報酬は、依頼の難度によって変わりますのでなんとも言えませんが……例えばEランクの依頼だった場合、報酬は二万セルクから、高くて五万セルクですね」

「そうですか……ありがとうございました。参考になりました」

レクスはお礼を言うと、冒険者ギルドの出口に向かう。

「さて、最後はトゥオノ商会ですかね」

あの少女が一体いくらほどなのかレクスは確かめる必要があった。分不相応だとわかっていても諦め切れない。

レクスは冒険者ギルドのドアを開けると、通りかかった人々に道順を聞きながらトゥオノ商会へ急いだ。

＊＊＊

「はあ……まさかうちに無職が来るなんて……」

先ほどレクスの相手をしていた受付の女性――ルービアは溜め息混じりに呟いた。

冒険者ギルドは基本的に誰でも受け入れる。冒険は常に自己責任であり、冒険者のスキルが低くても誰かに迷惑がかかるわけではないからだ。

だが、ルービアは無職を極端に嫌っていた。彼女だけでなく、世間でも無職は嫌われている。理由は単純で、役に立たないからだ。

冒険者ギルドは、冒険者が持ち込む素材等を活用する事で利益を生み出している。その利益が受付嬢や冒険者ギルドで働く人々の給料になるのだが、無職の人は多くの場合、大したものを持ってこない。相手にするだけ時間の無駄なのだ。

「……どうしたものかしらね」

ルービアは無職をこの冒険者ギルドから追い出したいと考えていた。問題はその手段だ。ルービア一人で追い出すのは難しい。となれば――

「他の冒険者に始末させるのがいいかしらね……」

ルービアはそう呟くと、ニヤリと嗤（わら）ったのだった。

＊＊＊

「ここがトゥオノ商会の奴隷市場……」

レクスは目の前の建物を見て呟く。綺麗な外観は奴隷を売っているようには見えないが——

「いらっしゃい」

建物の中から筋骨隆々で身長の高い、色黒の男性が現れ、声をかけてきた。レクスはおそるおそる尋ねる。

「すみません、ここで奴隷を売っていますか？」

「……ちっ、なんだガキかよ。ああ、ここは奴隷を売買する奴隷市場だ」

男性は「用がないならとっとと帰りな」と言ってしっしと虫を払うような手つきでレクスを追い返そうとする。

「あ、あの、確認したい事があってこちらに来たんですけど……」

レクスは慌てて用件を伝える。

「……なんだ？」

男性はレクスの言葉にぞんざいに返す。レクスは思い切って尋ねた。

「ここに、銀髪で黒い瞳の、僕と同じくらいの身長の女の子はいませんか？」

男性は顎(あご)に手を当てて思案する。

「……ああ、昨日強制送還されてきた奴か。なぜお前はそいつを探してんだ？」

「昨日、魔物に襲われているところに偶然通りかかって助けたんですよ」

「……そうか。で、その子になんの用だ？」

「値段を教えていただきたいのですが……」

男性は怪訝そうな表情を浮かべたが、やがて頷いた。

「……わかった。ちょっと待ってろ」

そう言うと男性は店の奥へと引っ込んでいった。

しばらくして戻ってくる。

「お前が言ってた奴だが……値段は六百万セルクだ」

「ろ、六百万⁉」

レクスは驚いて大声を上げる。

「どうする？　買ってくか？」

どうせお前みたいなガキじゃ無理だろうけどな、と言わんばかりの表情で男性は見てくる。

「いえ……今日は確認に来ただけなので……」

レクスはありがとうございました、と頭を下げてその場を去った。

「はあ……前途多難ですね」

レクスはこれからの生活に不安を覚えて、溜め息を吐いた。

＊＊＊

「どの宿も駄目ですか……」

すっかり日が落ち、人通りも少なくなってきた頃。レクスは今夜泊まる宿を探していた。

いくつか入った宿では――

「うちに泊まっていくかい？　一泊二万セルクだよ」

「一泊二万三千セルクだ」

「一泊二万五千セルクです」

こんな感じで、レクスの所持金二万セルクに見合うような宿は全く見つからなかった。

こうなると――

「野宿、ですか……」

街の中で野宿。これしかない。

今までは『作る』スキルを使って家を作っていたが、今回は街中で、しかもここは王都だ。下手な事をすれば、王都を見回っている騎士団に見つかって捕まるかもしれないので、家は作れない。

「どこか落ち着ける場所はないでしょうか」

レクスは目立たない路地裏を歩き回り、寝床になりそうな場所を探す。

しばらくうろうろしていると、少し開けたところに出た。

「とりあえずここにしますかね」

レクスは背中を壁に預けるようにして腰を下ろす。

しかし、路地裏で寝るというのにはやはり不安があった。

（うーん、もう少し安全が確保できないと眠れそうもありません）

レクスが心の中でそう呟くと——

◇『作る』を使用しますか？　はい／いいえ

（……なんか僕の思考を読み取ってませんか？　この画面）

レクスはそう思いながらも、「はい」を選択する。

◇『作る』ものを一つ選んでください。
【障壁】【頑丈な障壁】【絶対不可侵の障壁】


「これは絶対不可侵の障壁一択ですね」

レクスは、名前からしていかにも丈夫そうな絶対不可侵の障壁を選んだ。

すると——

「うわっ⁉　なんですかこれは……？」

レクスの周囲を何やら透明なものが覆った。どうやらこれが障壁のようだ。

（透明だと心許ない気がしますが……問題ないと思いたいですね……）

路地裏で寝るというのは思っていた以上に、勇気のいる事だった。

だが、森の中を歩き続けたレクスはかなり疲れていた。

急激に襲ってきた眠気に身を任せ、レクスは硬い地面の上で眠りについたのだった。

＊＊＊

翌日。

レクスは依頼を受けるため、冒険者ギルドに向かっていた。何よりも今は資金稼ぎをしなければならないのだ。昨日のように路上で眠るのは、できる限り避けたいところだ。

昨日寝泊まりした場所と冒険者ギルドが近かったため、レクスはすぐに冒険者ギルドに着いた。

冒険者ギルドのドアを開け、中に入る。

「凄いな……」

閑散としていた昨日とは違って、依頼を受ける人達でごった返していた。

レクスは人の間を縫うようにして、受付に行く。受付にも冒険者がたくさん並んでいたので、レクスは自分の順番が来るのを待った。

「次の方、どうぞ」

受付嬢にそう言われ、用件を話す。昨日とは違う女性だった。

「すみません、依頼を受けたいのですが……」

「わかりました。依頼書をご提示いただけますか？」

（……ん？　依頼書？）

レクスは首を傾げる。

「すみません、依頼書とはなんでしょうか？」

レクスがそう尋ねると、受付嬢は額に手を当てながら溜め息を吐いた。

「あなた、冒険者登録をする時に説明を受けなかった？」

「依頼書については特に説明は受けてない、と思います……」

「……そうですか。依頼書は受付の右側に掲示されておりますので、そこから受けたいものを選んでください」

「すみません、ありがとうございます」

レクスは頭を下げて、受付の右側にある掲示板へ向かった。

「おお……凄い数ですね……」

掲示板に貼ってあるたくさんの依頼書を見て、彼は驚嘆の声を漏らす。依頼書はEランクからSランクにキッチリと分けて貼ってあった。

レクスは掲示板の一番右奥、Eランクの依頼書が並ぶところへ向かう。

「うーん……どれにしましょうか……」

いくつかめぼしい依頼を検討した結果、次の依頼を受ける事にした。

【推奨冒険者ランク】Eランク以上
【依頼内容】ゴブリン五体以上の討伐
【報酬】四万セルク
【獲得ポイント】十六ポイント
【場所】ユビネス大森林帯

レクスはこの依頼書を掲示板から剥がし、再度受付に並んだ。

しばらくして、レクスの順番がやってくる。

「次の方、どうぞ」

「すみません、これお願いします。それと先ほどはどうも」

受付嬢に依頼書を渡すと、彼女は依頼書に印を押し、レクスへ返した。

「……あなた、見た感じ冒険者になりたてでしょ？　くれぐれも無茶はしないように」

受付嬢の言葉にレクスは頷いた。

「肝に銘じておきます」

レクスはそう言うと、出入り口に向かう。しかし、冒険者ギルドのドアに手をかけた時——

「よお、ガキ。ちょっと良いか？」

大剣を背中に背負った、ガッチリした体格の男がレクスに声をかけてきた。

「おい、ガキ……お前、無職らしいじゃねえか」

レクスは現在、細い路地で男三人に囲まれている。大剣男に絡まれた後、強引にこの場所まで連れてこられたのだ。

しかし、レクスにはそんな事をされる心当たりはない。もしかして誰かにはめられたのだろうか――と思ったが、知り合いもいない彼がそんな事をされるはずもなかった。

「い、いえ……その、あの」

レクスはなんとか言葉を紡ごうとするが、恐怖で口が上手く動かない。

「ああ？　なんだ？　言いたい事があるんなら、言ってみたらどうだ？」

大剣男がそう問いかけるが、レクスの恐怖は増すばかり。

大剣男は馬鹿にしたように笑う。

「おいガキ、お前冒険者辞めろ。お前みたいなのがいると迷惑なんだよ」

「い、いえ……や、辞めるわけにはいかないのですっ。し、資金を稼がないと……」

レクスは恐怖のあまり、パニックに陥っていた。スキル『日常動作』を使うという考えさえ浮かばない。

大剣男は怒りの表情を浮かべた。

「……なら、力ずくで辞めさせてやるよ！」

大剣男はそう叫ぶと、レクスに掴みかかろうとした。

レクスは必死に大剣男の腕を振り払う。

すると――

「うわあああああぁぁぁ!?」

大剣男が吹っ飛んで、壁に衝突。そのまま気絶した。

「「「……へ？」」」

レクスも含め、その場にいた者は間抜けな声を漏らし、目の前の光景に驚くばかり。

しかし、すぐに我に返った槍を担いだ男が、レクスに襲いかかる。

「て、てめえぇぇぇ！」

男達はレクスよりも格上のC級冒険者。普通なら冒険者になりたてのレクスに後れを取るはずがないが――

「ぐあああぁぁぁ!?」

レクスが力任せに突き出した拳が槍男の腹に直撃。先ほどの大剣男と同じように、槍男は吹っ飛んでいった。

最後に残った短剣を腰に差した男は、それを抜いて突進してくる。

「うおおおぉぉぉぉ！」

短剣は大剣や槍と違って小回りがきくため、狭い場所で使いやすい。自分ならレクスを仕留められると男は思ったのだろう。勢いよく突っ込んでくる。

「ひっ……！」

レクスは体がすくんでしまい、上手く動く事ができない。

「死ねえええぇぇぇぇ！」

短剣男は両手で己の武器を握りしめ、レクスに突っ込んでいく。

レクスが反射的に目を瞑った、その時だった。

キイイィィィン！

金属と金属がぶつかり合う音がした。

レクスが驚いて目を開けると――

「子供に襲いかかるとは……感心しないわ」

そこには長い赤髪の女性が立っていた。女性は剣を構えて、素早い動きで短剣男の鳩尾(みぞおち)を打ちつける。

「がはっ……!?」

短剣男は呻き声を上げて、その場に倒れた。

レクスは呆然としていた。

赤髪の女性が振り向いて声をかける。

「君、大丈夫だった？　怪我とかな……い？」

「……？　特に怪我はありません。大丈夫です」

レクスは赤髪の女性が突如固まった事に困惑したものの、自分の無事を伝えた。助けてもらったお礼を言おうとした時――

「かっ……！」

「……か？」

こんな相手に勝てなくてどうするの！　とでも言われるのかと思ったが――

「可愛い……！」

「……え？」

レクスは思わず間抜けな声を出してしまった。

赤髪の女性の独り言は止まらない。

「サラサラの黒髪にその丸い瞳……ああ、これはぜひとも私が養いたい……！」

女性の言動におののくレクス。言動が犯罪者じみて感じてくる。

彼が呆然としていると、女性はハッと我に返り、んんっとわざとらしい咳払いをした。

「ところで君のご両親はどこかな？　この事を伝えなくちゃならないから」

レクスは両親に捨てられたも同然の身だ。レクスは返答に困ってしまい、黙り込んだ。

「……君、まさかご両親がいないの……？」

レクスの表情を見て、女性はそう尋ねてきた。

ここは正直に話すしかないと、レクスは思った。

「いえ、両親はいます。ですが、僕はその両親に捨てられたようなものです……僕が無能だったばかりに」

「そうなの……あ、そういえば自己紹介がまだだったわ」

女性はなんとなく事情を察し、場の雰囲気を変えようと、話題を切り替えた。

「私はフィア・ネスラよ。君は？」

家名があるという事は恐らく貴族の出だろう。レクスのような平民には手の届かない、雲の上の存在だ。

レクスはそう思いつつ告げる。

「僕はレクスです。先ほどは危ないところを助けていただき、ありがとうございました」

「いえいえ。それよりも……レクス君？　お願いがあるんだけど……」

「はい、なんでしょうか」

「明日、冒険者ギルドの近くにある〝リーフル〟っていうカフェに来て。ちょっと話したい事があるから」

レクスは救ってもらった身だ。断る理由がない。

「わかりました」

「じゃあもう行って大丈夫よ。あとはこっちに任せて」

「すみません。それでは、よろしくお願いします」

レクスは女性に会釈して、その場をあとにした。

先ほど受けたゴブリン討伐の依頼を達成して、少しでもお金を稼がなければならない。レクスには無駄にできる時間はないのだ。

「さてと。ユビネス大森林帯に向かいましょうか」

レクスは気合を入れ直して、小走りでユビネス大森林帯へ向かった。

＊＊＊

「グギャグギャ！」

「『発散』！」

レクスはゴブリンにスキルを発動する。

「グギャ……？　グギャ……」

ゴブリンは目に見えて弱っていく。以前より魔物の魔力を排出させるスピードが速くなっているようだ。

『発散』を発動して数分後、ゴブリンは安らかに息絶えた。

◇『取る』項目を二つ選んでください。

【体　力】１６４２　【魔　力】１０７８
【攻撃力】１１８４　【防御力】９１２
【素早さ】５２０　【知　力】１７９１

【スキル】『意志疎通（ゴブリン語）』『乱打』『棒術LV2』

「まずは魔力ですかね。もう一つは……」

レクスは項目を見て、どれを取るべきか悩んでいた。

シルリス学園の入学試験は約一週間後。それまでにできる限りステータスを上げておきたい。

入学試験の内容がわからないので、何を重点的に鍛えたらいいのか不明だ。これはレクスにとって悩ましい事であった。

「うーん、『棒術』がどういうものか、ちょっと気になりますね。攻撃手段は多い方がいいですし。

でも、素早さも捨てがたいんですよね……」

レクスは悩んだ末に、魔力と『棒術ＬＶ２』を取る事にした。

○レクス
【L　V】　26
【体　力】　23642／23642　【魔　力】　1166／1166
【攻撃力】　25034
【スキル】『日常動作』『棒術（2／5）』

「おお……！　体に力が溢れてくるような感覚……これが魔力ですか！」

レクスはすでに魔力を持っていたものの、体感できるほど多くなかった。それが、ステータスが上がった途端、魔力がみなぎる感覚を覚えた。

「ん？　そういえば、『棒術』の〝2／5〟とはなんでしょうか……？」

『棒術』の数字もさる事ながら、改めて考えてみると、ステータスについてまだまだわからない事だらけだった。

ステータスについて考えを巡らせていたレクスの目の前に、再び画面が出てきた。

◇『棒術』の取得により、次のアビリティを獲得しました。
『強硬（きょうこう）』――棒が折れにくくなる。

『器用』――棒の扱いが上手くなる。

『強打』――敵を攻撃する際、攻撃力が上昇する。


「おぉ、アビリティですか」

アビリティは、スキル使用者の動きをアシストしてくれるものだ。

レクスは思わぬ収穫に心を躍らせた。

このまま順調にステータスを上げていけば、依頼の目標である五体のゴブリンを倒すのは余裕そうだった。

レクスがそんな事を考えていると、早速ゴブリンが現れた。今度は二体だ。

「グギャ……！　グギャ！」

「『はっさ……』」

レクスはいつも通り『発散』を発動しようとしたが、すんでのところで思いとどまる。

（これは先ほど手に入れたアビリティを試すチャンス！）

レクスはそこら辺にあった木の棒を手に取る。太さはレクスの腕より少し太いくらい。一応棒なので、『棒術』に使えるはずだ。

レクスはゴブリンに向かって一直線に走った。

「『強打』！」

レクスは、一体のゴブリンに向かって力任せに木の棒を打ちつけた。

ドゴォ！

「グギャ!?」

棒に打たれたゴブリンは派手にぶっ飛び、後方にあった木の幹に頭をぶつけて、呆気(あっけ)なく死んでしまった。

レクスは続けてもう一体のゴブリンにも攻撃を仕掛ける。

「もう一発！」

「グギャァ!?」

ゴブリンは吹き飛んでそのまま木に衝突し、息絶えた。

「思った以上に使えますね。木の棒も折れなかったですし」

レクスは自分の持っている木の棒を見ながらそう呟いた。

しばらくして、レクスの目の前に画面が現れた。今表示されているのは、倒したゴブリンのステータスである。画面には先ほどと同様に、『取る』項目が表示されていた。

「そういえば同じスキルを取ったらどうなるんでしょうか……」

レクスは試しに、先ほど取得したばかりの『棒術』を再度選択してみた。すると――

◇条件を満たしたため、『棒術』が『棒術・改』へ進化。次のアビリティが追加されました。
『魔力纏（まりょくてん）』――棒に魔力を付与する事ができる。


「スキルが進化した……!?」

レクスは驚愕の声を漏らした。

どうやら、さっき疑問に思った〝2／5〟という数字は、スキル進化までの数値を表したものらしい。それがマックスになるとスキルが進化する。今回の場合は、二体のゴブリンの『棒術』のレベルが合わせて三だったので、もともとのレベルの二と合わさって進化したようだ。

「よし、これなら徐々に強い相手とも戦っていけそうです。まずは依頼のためにあと二体、ゴブリンを倒してしまいましょうか」

レクスはやる気をふるい立たせ、ユビネス大森林帯の奥へ進んだ。

「『魔力纏』！」

レクスが木の棒に魔力を付与すると、魔力が木の棒を覆った。

「『強打』！」

続けてレクスは、その場で木の棒を振り下ろした。棒から三日月型の魔力が放出され、彼の目の前にいたウルフに襲いかかった。

「グルウゥゥ!?」

木の棒から撃ち出された魔力の刃に反応する事ができず、首に直撃をくらったウルフは、血飛沫（ちしぶき）を上げてその場に倒れた。

しばらくして、レクスの前にウルフのステータス画面が表示された。

「素早さとあとは……」

ここまでの戦闘で、レクスのステータスは大幅に上がっていた。

ちなみにゴブリンはすでに五体以上倒しており、依頼は達成している。今はステータスを上げるためにひたすら魔物と戦っていた。

「魔力が減ってますね……『魔力纏』を使ったからでしょうか」

自分のステータス画面を見て、レクスは呟いた。

この減り具合だと魔力はすぐに尽きるかもしれない。試験までに、もう少し魔力を増やしたいところだ。

そう思ってレクスは呟く。

「もう少し頑張ってみますかね」

レクスがさらに森林の奥へ進もうとした時――

カサカサ……カサカサ……

近くの木の枝が大きく揺れた。そこから出てきたのは――

「……狼？」

狼にしてはかなり大きい。それに毛の色が少し特殊だった。

普通の狼の毛並みは灰色だが、この狼は少し青みがかっていたのだ。

レクスはまず、狼のステータスを確認する事にした。

「『見る』！」

○レインウルフ
【ＬＶ】　１４
【体力】　８２１／２３４５２　**【魔力】**　２３４／１５６０９
【攻撃力】　１１０３２　**【防御力】**　１６２０７
【素早さ】　２８４１４　**【知力】**　２００１０
【スキル】『脚力強化（中）』『威圧（中）』『突撃ＬＶ２』『水魔法ＬＶ４』

「ん？　体力が……それに魔力も？」

この狼はレインウルフというらしいが、体力と魔力が減っていた。改めてその体を見てみると、至るところに血が飛び散っていた。足を引きずっており、まともに動けないようだ。

レクスは表情を曇(くも)らせた。

「グルウウゥ……」

レクスを弱々しく威嚇(いかく)するレインウルフ。だが、威嚇するだけで攻撃を仕掛けてくる様子はない。

こんな状態なら、今のレクスの敵ではない。この魔物を倒せば、レクスのステータスはかなり上がるだろう。

しかし——

「『回復』」

レクスはレインウルフに『回復』を使用した。

自分が襲われる可能性を考えなかったわけではないが、放っておけなかったのだ。

「——!?」

レインウルフは自分の体が突如淡い光に包まれて傷が治った事に、とても驚いた様子だった。

レクスは念のため警戒を強める。

「グルウゥ♪」

だが、レインウルフは嬉しそうに鳴くと、レクスにすり寄ってきた。どうやら争う気はなかったようだ。

レクスが頭を撫でると、再び嬉しそうに鳴き声を上げた。レクスはその姿にほっこりする。

すると、レクスの目の前に画面が現れた。

◇レインウルフを従わせますか？　はい／いいえ

レクスは迷わず「はい」を選択する。

◇レインウルフを仲間にしたため、スキルが追加されました。
『脚力強化（中）（０／１０）』『威圧（中）（０／１０）』『突撃（２／１０）』

『水魔法（４／５）』


「魔物を仲間にしてもスキルが増えるんですね。そしてついに、念願の魔法スキルが……！」

レクスは歓喜の声を上げた。魔法の他にも色々なスキルがあるので、あとで試してみようと決めた。

「……一旦、街に戻りましょうかね」

時刻はもう昼過ぎ。そろそろお腹が空いてくる頃だ。

レクスはたどってきた道を引き返して、街に向かった。


王都の近くまで戻ってきたレクスは、ある問題に直面した。

レインウルフを連れたまま、門を通れないという事だ。

その時、レクスはふとあるアイデアを思いついた。

それを実行に移すため、近くにあった木などを材料にして、『作る』スキルを発動するレクス。

すると、元が木という事もあって少し硬いが、袋ができ上がった。

さらにレクスは袋に魔力を施し、内部の空間をレインウルフが入れるくらいに拡張する。外から見た感じではなんの変哲もない袋。中にレインウルフが入っているなどと誰も考えないだろう。これも魔法スキルではなく、『作る』スキルでなんとかなった。

「いよいよもって、わけがわからないスキルですね、『日常動作』は……」

それからレクスは、レインウルフに名前をつけた。

レインウルフの最初の三文字をとって〝レイン〟。

実に安直だが、呼びやすい名前になったとレクスは思った。レインウルフも気に入ったようで、嬉しそうに鳴き声を上げながらレクスの周りを走っていた。

さて、レインを袋に入れて無事に王都の門を通過したレクスは、今回の依頼であるゴブリン討伐の報告のために、冒険者ギルドへ向かった。

到着し受付へ向かうと、レクスが冒険者登録をした時の受付嬢であるルービアがいた。無職を嫌う彼女はレクスが受付に現れて内心舌打ちしたが、さすがは受付嬢、表情には出さない。

「何かご用でしょうか？」

「ゴブリン討伐の依頼を達成したのですが……」

「でしたら、討伐証明の魔石をご提示ください」

（魔石？）

レクスは首を傾げる。

「魔石とはなんでしょうか？」

ルービアはレクスの質問を聞くと、気付かれないように深く溜め息を吐いた。

仕方なく彼女は説明する。

魔石は、魔物の生命を維持する上で最も重要な役割を果たしている。体中に魔力を行き渡らせ、生命活動を支える――いわば心臓のようなものだ。

魔石は魔物によって大きさ、形、色が異なり、討伐証明の際に提示を要求される。もちろん、売ればお金にもなる。

また、魔石にはさまざまな用途がある。

例えば、ウルフの魔石であれば主に照明に使われる。ウルフの魔石は魔力伝導が良く、長持ちするからだ。

他にも、ゴブリンの魔石やオークの魔石なんかは加工して装備に使われる。

ルービアの説明に相槌（あいづち）を打ちながら、レクスは内心かなり落ち込んでいた。

つまり――

「――魔石がないと、報酬は貰えない、と？」

レクスはゴブリンを討伐したあと、魔石を回収していない。つまり、依頼は達成できていないという事になってしまうのだ。

ルービアは目を伏せる。

「……すみません。ギルドの規則なので」

「そ、そうですか……」

レクスは落胆した様子で呟いた。

「本当に申し訳ありません」

そう言いながらもルービアは、内心ほくそ笑んでいた。

(無職にあげる報酬なんてないわ。無職は無職らしくそこら辺でのたれ死ねばいいのよ)

そんな事を思われているとはつゆ知らず、レクスは弱々しく笑ってルービアに言った。

「すみません。また来ます」

「はい。またお越しください」

もう二度と来るな、と内心で呟くルービア。

レクスは受付に背を向け、冒険者ギルドをあとにした。

＊＊＊

「はあ……全く使えないわね。あのくそC級冒険者共は……」

ルービアはそう呟き、溜め息を吐いた。

レクスを始末するよう、冒険者三人を差し向けたのは他ならぬルービアだ。

彼女にとって無職は忌々(いまいま)しい存在。できれば早急に始末したかった。

「ああ、忌まわしい、忌まわしい、忌まわしい！」

ルービアは頭を掻きむしりながら叫んだ。

「――何がなんでも始末してやるわ」

ルービアの目は血走っていた。

(無職がこの世にいていいはずがない。何もできない無能が……)

無職の者への異常な憎しみはどこから来るのか。その理由は彼女にしかわからない。

＊＊＊

翌日――ユビネス大森林帯。

「そっちは頼みましたよ！　レイン！」

「グルウゥ！」

レクスはレインと共に蜂型の魔物――ビーと戦っていた。

「『魔力纏』！」

レクスは木の棒を魔力で覆う。そして三匹のビーに木の棒を振り下ろし――

「『水刃(アクアブレイド)』！」

『水魔法』スキルで水の刃を放出した。

レクスの木の棒から放たれた三つの水の刃は、三匹のビーの胴体を真っ二つにした。

「ふぅ……とりあえず、ステータスを取りますか」

レクスは三匹のビーのステータスを見て呟いた。

「素早さと魔力を中心に……ん？　この『飛行』とはなんでしょう。空を飛べるとか？　だとしたら凄く便利ですね。まあ、取っておきましょうか」

するとレインが満足そうな顔で戻ってきた。どうやらレインの方もビーを上手く倒したようだ。

レインが仲間になった事で戦闘の効率が良くなった。一人で戦うよりやはり仲間がいた方がいい。

◇条件を満たしたため、『飛行』が『飛翔』へ進化。次のアビリティが追加されました。
『安定』——飛行中の姿勢を安定させる。

『速度上昇』——飛行速度を上げる事ができる。


「取ったそばからスキルが進化しましたね……まあ、これも同じスキルを複数の相手から取る事ができる『日常動作』のおかげですか。『飛翔』……早速試してみましょう」

空を飛ぶとはどういう感じなのか、レクスは知りたかった。

「『飛翔』！」

すると、レクスの体が浮き上がった。

「うおおぉぉ!?」

レクスが驚愕している間にも、体はどんどん上昇していく。気付けば、ユビネス大森林帯を見渡せるくらい高いところにいた。

「おおおぉぉぉ……！」

レクスは空からの眺めに感嘆した。同時に、ユビネス大森林帯の広さを改めて認識した。かつてこんな森の中を四日間も歩いたのだと、感動すら覚えていた。

「ところでこれってどうやって横に移動すればいいのでしょう？」

レクスは試しに体を左側に傾けた。すると――

「わっ!?」

突如左前方に進み始めた。だけど体がふらふらと不安定に揺れてしまう。

(そういえば、こんな時にうってつけのアビリティがありましたね)

「『安定』！」

するとその名前の通り、不安定だった体が安定し始めた。

「空を飛ぶってこんなに気持ち良かったんですね……」

今までの悩み事が全てふっ飛ぶような爽快感がレクスを包む。

レクスはしばらく、空を飛ぶ事を楽しんだ。

その後レクスは、冒険者ギルドに討伐証明となるビーの魔石を提出した。

無事に依頼を達成し、初の報酬を得た。その額、四万五千セルク。昨日のゴブリン討伐で貰えるはずだった報酬に比べれば少ないが、仕方ない。

お金を受け取ったレクスは、冒険者ギルドの近くにあるリーフルという喫茶店に向かった。昨日冒険者に絡まれた時に助けてくれたネスラと約束したからだ。

「ここですかね……」

木造の建物には〝喫茶店リーフル〟の看板が出ていた。レクスはドアを開け、中に入る。

「おーい、レクスくーん！　こっちこっち！」

すぐに聞き覚えのある声が聞こえた。レクスが顔を向けると、騎士甲冑（かっちゅう）を纏ったネスラと黒服の男性がいる。

レクスはネスラのもとへ向かう。

「お待たせしてしまってすみません」

レクスはそう言って頭を下げる。

ネスラは微笑みながら首を横に振った。

「いえいえ。大丈夫よ。こっちも今来たところだから」

「それなら良かったです。ところで、どうして騎士甲冑を？」

「ああ、そういえば、まだ言ってなかったね」

そう言うと、ネスラは立ち上がって名乗った。

「改めまして。私はディベルティメント騎士団団長のフィア・ネスラよ」

ネスラがそう言った瞬間——

「えっ……ええええええええぇぇぇぇ!?」

レクスは驚きのあまり、大声を上げてしまったのだった。

ディベルティメント騎士団——常識に疎いレクスでさえ知っている、王直属の騎士団だ。

彼らは王都を中心に活動しており、犯罪者を捕らえたり危険な魔物を討伐したりして、街の治安維持に努めている。

ディベルティメント騎士団に所属するには、非常に難関の入団テストを受ける必要があり、年に二、三人受かるかどうかなのだとか。

そんな騎士団の団長なのだから、ネスラの実力は相当なものだ。

なんとか落ち着きを取り戻し、レクスは口にする。

「それにしても、まさかネスラさんがディベルティメント騎士団の団長だったとは……」

「ふふ。騎士団長といってもそんな大層なものじゃないわよ」

ネスラはそう言って朗らかに笑う。

レクスは身を乗り出す。

「いやいや、だってあのディベルティメント騎士団の団長ですよ！　どの騎士団よりも強いと言われているんです！」

「ふふふ。そう言ってもらえて嬉しいわ」

微笑ましげにレクスの様子を見つめていたネスラだったが、ふと思い出したように切り出した。

「ところでレクス君。今日は話があってここに来てもらったわけだけど……ゾフィール、例のものを」

「はい、かしこまりました」

ネスラと一緒に来ていた黒服の男性――ゾフィールは、レクスの前に何やらバッジらしきものを置いた。そのバッジのデザインはかなり凝(こ)っていて、高価な品である事が窺(うかが)えた。

レクスは首を傾げる。

「これは？」

「それは我がネスラ家の紋章よ。今日から君のもの」

平然と答えるネスラに、レクスは動揺した。

「えっ……？　いえいえ！　いただけませんよ、こんな高そうなもの！」

レクスはゾフィールの置いたバッジをすぐに返そうとした。

しかし――

「レクス君。いえ、レクス。君には今日から我が家で生活してもらうわ」

「――え？」

ネスラのその言葉を、レクスは理解できず固まった。

そんな事はお構いなしに、ネスラは続ける。

「というより、ぜひ私に君を養わせてほしいの！」

ネスラは目を輝かせてそう言った。

レクスはさらに困惑する。昨日会ったばかりの、それもディベルティメント騎士団の団長に養いたいと言われて、すんなり信じられるわけがない。

だが、よくよく考えてみれば悪い話ではなかった。むしろ少しでもお金を節約したいレクスには、願ってもない申し出だ。

ただ、問題が一つ。レクスは無職なのだ。

無職は世間の評判が良くない。ネスラ家が無職のレクスを迎えた事が広まれば、ネスラ家の評判が落ちるだろう。

レクスとしては、自分のせいでネスラ家に迷惑をかけるのは避けたかった。

そこまで考えて、レクスは口を開いた。

「とてもありがたいお話なのですが……お断りさせていただきます」

「もしかして、昨日言ってた君が無能って事を気にしてるの？」

ネスラはレクスの顔を覗き込んで言った。

レクスはネスラが昨日の話を覚えていた事にびっくりしつつ頷く。

「……ええ」

「そんな事を気にする必要はないわ」

ネスラは一蹴する。

「で、ですが……」

「子供は気にしなくて良いの。こういう時は大人に頼るものよ？」

「……子供じゃありませんし」

レクスは拗ねたような口調で呟いた。

レクスはしばらく俯いて考えていたが、やがてゆっくりと顔を上げる。

「……では、お言葉に甘えてお世話になりたいと思います」

よろしくお願いします、とレクスは頭を下げた。

「決まりね！　じゃあ、我が家に案内するから！」

ネスラはそう言うと、ニッコリと笑った。

＊＊＊

「ここが我がネスラ家よ！」

ネスラはバーン！　という効果音でもつきそうな勢いで言い放つ。

レクスの眼前にはまさしく豪邸が聳え立っていた。デザインは白を基調としていて、所々に装飾が施されている。シンプルだが、高級感のある家だった。

「ただいま」

ネスラがドアを開け、中に入ると――

「「「「お帰りなさいませ、フィアお嬢様」」」」

「うお!?」

ネスラに続いて中に入ったレクスは、ずらっと並んだ大勢のメイドに驚いてしまった。

「お嬢様、本日のお勤めはもう終えられましたか？」

六人のメイドのうち、一人がネスラのもとへ歩み寄る。目がキリッとしていて少し吊り上がっており、いかにもメイド長です、という雰囲気だ。

「ううん、そういうわけじゃなくてね。この子を家で引き取る事にしたから、一旦戻ってきたの」

ネスラはレクスの肩をポンポンと叩きながら言った。

「かしこまりました。ではこちらでお預かりします」

メイド長らしき人物は何も尋ねる事なく受け入れた。彼女はレクスの目の前まで来ると、しゃがんで目線を合わせる。

「私は、シュレム・セアリスと申します。あなたのお名前は？」

「レクスです。今日からお世話になります」

そう言ってレクスは頭を下げた。

「こちらこそ。よろしくお願いしますね、レクス君」

メイド長らしき人物――シュレムはニッコリと微笑んだ。

「フィアお嬢様。あとはお任せください」

シュレムは立ち上がる。

「わかったわ。じゃあ、お願いね」

ネスラはそう言うとドアを開けて、再び外に出ていく。しかし直前でシュレムに向かって振り返った。

「シュレム、わかってるとは思うけど……」

「ええ。心得ております」

「……そう。ならいいわ」

そうしてネスラは、今度こそ出ていった。


「はぁ～気持ちいいですね……」

レクスは現在、ネスラ家の大浴場にいた。

『レクス君、とりあえずお風呂に入ってきてはどうですか？　疲れも取れますよ』

シュレムがレクスにそう提案したのだ。

疲れていた事もあって、レクスはお言葉に甘える事にした。

（それにしても、これからどうしましょうかね……）

ネスラのおかげで、当面はなんとか生活していけるようにはなった。

だが、レクスが気がかりなのは金だ。

シルリス学園の入学費は、依頼をこなせばなんとかなりそうだ。だが、あの奴隷の少女を解放するための六百万セルクをどう貯めるかが問題だった。

（今受注できる依頼では、貯めるのに相当時間がかかってしまいます）

彼がユビネス大森林帯で助け、ひと目惚れした女の子。サラサラの髪に透き通るような黒い瞳。

そして、儚げなあの表情。

思い出す度に、あの少女は今頃どうしているのかと、気になってしまう。

レクスがそんな事を考えていると、大浴場の外からシュレムの声が聞こえてきた。

「レクス君。ここに服を置いておきますね」

「すみません！　ありがとうございます！」

レクスは礼を言う。

（さてと。そろそろ出ますかね）

レクスが風呂から出ようと立ち上がった時――

ガラガラガラッ！

大浴場の扉が開く音がした。レクスは驚いて、扉を見る。

そこには――

「シュレムさん⁉」

タオルを体に巻いたシュレムの姿があった。

「レクス君、お背中お流しします♪」

「い、いえ……け、結構です。もう洗いましたから」

レクスは目のやり場に困り、頬を真っ赤にしながら視線を逸らす。

シュレムはそんなレクスの姿を見て、ニマニマしている。

「まあまあ、そう言わずに」

シュレムはレクスの腕を強引に掴んで、洗い場に連れていく。

「さあ、ここに座ってください」

レクスは大人しく従うほかなかった。

シュレムは早速ボディタオルを泡立たせて、レクスの背中を洗い始めた。

「加減はいかがですか？　レクス君」

「だ、大丈夫です……」

レクスとシュレムの距離はかなり近い。少なくとも、今日会ったばかりの距離感ではない。レクスは、ここまで女性に近づいた経験はないので、ドギマギしていた。

「前も洗いますよ」

シュレムの爆弾発言にレクスは――

「い、いやいや！　さすがに前くらい自分で洗います！」

そう言うと、慌ててシュレムからボディタオルを取る。

「え～？　洗わせてくださいよ」

相変わらずニマニマするシュレム。彼女を無視し、レクスは黙々と体を洗い続けた。やがて洗い終えると、もう一度風呂に浸かる事にした。

「ふぅ……」

レクスはようやくリラックスできた。シュレムもさすがにここまでは入ってこないだろう。そう思ったが――

「いや〜、やっぱりいつ入ってもいいものですね、お風呂は」

シュレムはそんな事を言いながら、レクスの隣で風呂に浸かっていた。距離は相変わらず近い。

レクスはシュレムの方を向くわけにもいかず、視線を逸らし続けた。

「「……」」

二人とも何を話すでもなく、ただ風呂に浸かっているだけ。

レクスは気まずくなって、ざばっと立ち上がって出口へ向かった。

すると、シュレムが呼び止めた。

「レクス君」

レクスは立ち止まる。もちろん振り向かない。

「ここに来る前に何があったか存じ上げませんが……」

シュレムの声には茶化す様子はなく、真剣だった。

彼女は続ける。

「ここでは遠慮は無用です。言いたい事、考えている事、やりたい事があればなんでも言ってください」

顔は見えないが、レクスはシュレムが微笑んでいるような気がした。

なぜシュレムはそんな事を言うのだろう。

「……どうしてそれを今？」

シュレムは静かに答える。

「レクス君、思い詰めたような感じでしたから」

ネスラといい、シュレムといい、どうしてこうも鋭いのだろうか。レクスは不思議に思った。

シュレムの言葉は、レクスの中のもやもやを晴らしてくれる。

レクスの頬を一筋の涙が伝う。

だが、それはシュレムには見えない。

レクスは涙を拭(ぬぐ)った。

「ありがとうございます！」

力強くシュレムに礼を言った。

レクスは今度こそ大浴場を出る。シュレムはレクスの後ろ姿を微笑ましげに見つめていた。

＊＊＊

ネスラ家の一室にて。

「う～ん……この服、何か落ち着きませんね……」

レクスは自分が着ている服を見て呟く。

レクスが着ているのは、ネスラ家の家族が式典で着る礼服だ。黒地に黄色いラインが入ったシンプルなデザインだった。

シュレムによれば、レクスに合うサイズはこの服しかなかったそうだ。レクスはあとで普段着を買ってもらうよう、頼む事にした。

レクスは何から何までネスラ家に頼りっきりになっている事を自覚する。

「まあ、さすがに六百万セルクは自分で稼がなければなりませんが」

そんな大金を貸してくれなどと頼めるわけがない。

何に使うの？　という事になるし、奴隷を買うためです、なんて言えない。

（そういえば、あの子を買ったとしてどこに連れていけば……）

ネスラ家に連れて帰るわけにもいかない。レクスは思案する。

「もう一個袋を作りますかね」

レインウルフは入れるのだから、生き物がいる環境としては問題ないはず。倫理的にどうかは別だが。

「それはさておき、六百万セルクを稼ぐためにも、早くランクを上げないとですね」

レクスは誰もいない部屋でそう呟いた。

＊＊＊

「それじゃ、行ってくるわね」

「「「「行ってらっしゃいませ、フィアお嬢様」」」」

「レクスも。行ってくるね」

ネスラ改めフィアはそう言うと、レクスを軽く抱きしめた。

「い、行ってらっしゃい、フィアさん……」

レクスは顔を赤らめながらも、打ち解けた笑顔でフィアを送り出す。

彼女達は皆気さくで、昨日一日でだいぶネスラ家に馴染めた気がしていた。

レクスは久しぶりに家庭の温かさを思い出した。

ちなみにレクスが〝フィアさん〟と呼ぶ事になったのは、フィアに『ネスラさんじゃ他人行儀だから、フィアって呼んで？』と言われたからだ。

レクスはあれこれ理由をつけて断ろうとしたのだが――

『呼んでくれるよね？』

妙に迫力のある笑顔に気圧（けお）され、せめてさん付けして〝フィアさん〟と呼ぶ事に落ち着いたのだ。

(さて、僕もそろそろ準備して冒険者ギルドに行きますかね)

レクスは自室に戻って準備を始めた。


「はぁ……」

レクスは疲れた様子で溜め息を吐いた。というのも――

『レクス君！　無茶しないでくださいね！　危なくなったらすぐに逃げるんですよ！』

『レクス君！　どうかご無事で！』

シュレムや他のメイド達から嫌というほど心配されたからだ。疲れはしたものの、心配されるのはありがたいし嬉しい。

ちなみに、レクスの現在の服装は家を出た時と同じ格好だ。さすがに、礼服を着ていくと目立つので、着替えたのだった。

レクスはネスラ家を出てしばらく歩き、冒険者ギルドに着いた。

まだ朝なのだが、冒険者ギルドは、今日も依頼を受ける冒険者達で賑わっていた。

レクスはカウンター横にある掲示板へ向かう。

「今日はどの依頼を受けましょうか」

できれば報酬が高いのを選びたい。

レクスが依頼を物色していると、一つの依頼が目についた。

【推奨冒険者ランク】Eランク以上
【依頼内容】ウルフの牙を七本
【報酬】五万五千セルク
【獲得ポイント】十八ポイント
【場所】ユビネス大森林帯

「見たところ、一番報酬が高そうですね」

レクスは掲示板から依頼書を剥がし、受付に並ぶ。

しばらく待つと、レクスの番が回ってきた。

「あの、この依頼を受けたいのですが……」

「わかりました。少々お待ちください」

受付嬢は依頼書を受け取ると、印を押しレクスへ戻す。

「それではお気をつけて」

レクスは受付嬢に会釈して、足早にユビネス大森林帯へ向かった。


レクスは、ユビネス大森林帯でウルフの群れと戦闘を繰り広げていた。

「『魔力纏』！」

レクスは木の棒に濃密な魔力を纏わせる。

「『水刃（アクアブレイド）』！」

レクスの木の棒に纏った魔力が一点に収束し、水属性の鋭い刃となってウルフを襲う。

「グルウウウウゥゥ!?」

ウルフ達は高速で撃ち出された『水刃（アクアブレイド）』に反応できなかった。ウルフの首が宙を舞い、血飛沫が上がった。

「レイン。そっちも終わったのですね」

ちょうどレインの方もウルフを片付けたようだった。

「グルウウゥゥ♪」

褒めて褒めてと言わんばかりにすり寄ってくるレイン。レクスはそれを察して、レインの頭を撫でてやった。レインは気持ち良さそうに目を細め、身を委ねている。

そんな事をしていると、レクスの前に、倒したウルフのステータス画面が現れた。

そのステータス画面には、レクスの持っていない魔法スキルが表示されていた。

「おぉ、『風魔法』！　これはぜひとも習得したいですね」

レクスは倒したウルフのうち、何匹かが持っていた『風魔法』スキルを全て習得した。

「あとは何を取りましょうか……」

レクスは悩んだ末に、素早さと魔力を取った。

「レベルも前回より上がってますね」

自分のステータス画面を見て満足げに呟く。

ウルフから『取る』事ができる全ての素材を袋の中へ入れると、レクスは再びユビネス大森林帯を進んでいった。


「レイン！　そっちに行きましたよ！」

「グルウウゥ！」

レクスが注意すると、レインはわかったというように鳴いて、二匹のウルフを相手取る。

「グルウゥウゥ……！」

レインの顔のあたりに収束した魔力は水属性の刃となった。レインが『水刃』を放つ。レインも魔法スキルを持っているので、魔法攻撃が可能なのだ。

レインの放った『水刃（アクアブレイド）』は、ウルフ達の首を直撃。頭を飛ばされ、胴体だけになったウルフは地面に倒れた。

「レインに負けてられませんね！」

レクスは気合を入れ直して、襲いくる三匹のウルフを木の棒で軽くいなす。

体勢を崩したウルフ達に向けて、彼は新たに習得した魔法を発動した。

「『風息（ウィンドブレス）』！」

『風魔法』の初歩の初歩、『風息（ウィンドブレス）』を発動すると、レクスの前方からウルフの方へ風が吹き出した。

だが――

「……ダメージはない、と」

レクスはがっくりと肩を落とす。

しかしめげずに、他の『風魔法』を試す。

「『風弾（ウィンドバレット）』！」

空中で風が集まり、球の形になった。落ち葉や土を巻き上げて取り込んでいるので、なんとなくだが形状がわかる。

複数形成された風の球が、勢いよくウルフ達に向かっていく。

「グルウウゥゥ!?」

今度はきちんとダメージを与えられた。直撃を受けたウルフ達は吹っ飛んで、背後にあった木に激突して息絶えた。

「ふぅ、とりあえず倒せましたか」

レクスは額の汗を拭いながら呟いた。

レクスの前に、倒したウルフ達のステータス画面が現れる。

「さて、今回は何を取りましょう。『風魔法』とあとは何か……」

レクスは習得できる全ての『風魔法』を取り、残りは魔力、防御力を上げる事にした。

するとと、続けてこんな画面が出現した。

◇条件を満たしたため、『風魔法』に次のアビリティが追加されました。
『中級魔法』


「おお、『中級魔法』！」

レクスが今まで使用していたのは、『風魔法』の『初級魔法』だった。魔法スキルを得てもすぐに全ての魔法を使えるわけではなく、こうしてアビリティを獲得していかなければならないのだ。

レクスは改めて、今の自分のステータスを確認する。

○レクス
【Ｌ　Ｖ】　２７

【体　力】 23642／23642 【魔　力】 4921／13374
【攻撃力】 25034 【防御力】 5572
【素早さ】 15924
【スキル】
『日常動作』『棒術・改（5／10）』『脚力強化（中）（0／10）』『威圧（中）（0／10）』
『突撃（2／10）』『水魔法（4／5）』『風魔法（1／10）』『飛翔（1／10）』
【アビリティ】
『棒術・改』――『強硬』『器用』『強打』『魔力纏』
『水魔法』――『初級魔法』
『風魔法』――『初級魔法』『中級魔法』
『飛翔』――『安定』『速度上昇』

その後、慣れた手つきで倒したウルフの素材を回収したレクスは、それらを袋の中へ放り込んだ。

「さて、もうそろそろ帰るとしましょうか」

もうすぐ昼に差しかかろうとしている。昼食の時間だ。

依頼内容のウルフの牙七本も集まったので、ちょうどいいだろう。

そう思ったレクスはユビネス大森林帯を出て、王都に戻った。

冒険者ギルドにウルフの牙を提出し、報酬の五万五千セルクを貰ったあと――

「そういえば、フィアさんにもあの事を言った方がいいのでしょうか？」

ネスラ家に帰る道中で、レクスは頭を悩ませていた。

あの事とはもちろん、シルリス学園の入学試験を受ける事だ。フィアは一応、レクスの保護者的立場なので、言わないわけにはいかなかった。

「……やっぱり言った方がいいですよね」

シルリス学園の入学試験に受かるかどうかまだわからないが、少なくとも受験する事は知らせておいた方がいいだろう。

「……よし」

レクスは決心したように呟き、小走りでネスラ家に向かった。


レクスがネスラ家のドアを開けると、六人のメイドがレクスを迎えた。

「「「「「「お帰りなさい、レクス君」」」」」」

「うわっ⁉」

レクスはネスラ家に来てまだ二日という事もあり、いまだにこの光景に驚く。

「た、ただいま……」

レクスが口ごもりながらそう言うと、シュレムがにこやかに告げた。

「レクス君、お食事の用意ができておりますので食堂へ来てください。フィアお嬢様もいらっしゃいますよ」

ネスラ家には、食事は皆で揃って食べるというルールがある。家族といる時間をなるべく大切にしたいという思いから作られたルールだ。

「わかりました。ありがとうございます」

レクスはシュレムに礼を言い、食堂へ急いだ。

食堂に着くと、先に座って待っていたフィアが勢いよくレクスに抱きついた。

「お帰り〜レクスー！」

「ち、近いですって！　フィアさん！」

「え〜？　なになに、聞こえないなぁ」

フィアはわざとらしくそう言いながらニヤける。

そんな彼女を引き剥がそうとしていると、テーブルの向こうから聞き覚えのない声がした。

「フィア、その子が例の？」

レクスが顔を上げると、フィアに似た顔立ちの女性が微笑みを浮かべていた。フィアと違うのは、髪が赤髪ではなく銀髪というところだ。

フィアがその女性の質問に答える。

「ええ、お姉様。この子が我が家で引き取る事にしたレクスです」

「ふうん……この子が……」

フィアが姉と呼んだ女性は、品定めするようにまじまじとレクスを見つめた。やがて満足したのか、柔らかく微笑む。

「私はフィアの姉、セレス・ネスラだ。よろしく頼む」

「レクスです。こちらこそよろしくお願いします」

ぺこりと頭を下げるレクスに、フィアがセレスの事を説明する。

「お姉様は、この国の政治に関わる仕事をしているの。忙しいからたまにしか帰ってこられないんだよ」

レクスはとても驚いた。姉妹揃ってとんでもなく優秀だ。

「さて、挨拶はこれくらいにして昼食にしよう。せっかくの食事が冷めてしまうからな」

セレスはそう言うと、さらりとレクスの手を引いて自分の隣に座らせた。

「あ〜お姉様！　ずるいです！」

フィアはセレスに文句を言って、セレスとは反対側のレクスの隣に座った。レクスは、姉妹二人に挟まれる形となった。

（これは入学試験の話を切り出せそうにないです……）

レクスは心の中で呟いた。


「レクス。口を開けて。はい、あ〜ん」

食事中、セレスは何かとレクスに構いたがった。

セレスがレクスに食べさせようとしているのは、バッファーの肉だ。

バッファーとは大型の牛のような魔物で、頭に生えた二本の角と、茶色い毛並みが特徴である。

その肉はとても絶品で高級品の一つ。もちろんレクスは食べた事がない。そんな肉が今、レクスの眼前にある。

（ああ、美味しそう！　ぜひ食べたいですけど……）

さすがにこの歳であ～んされるのは恥ずかしい。レクスは心の中で葛藤した。食べるか、食べないか。レクスが選んだのは――

「い、いただきます！」

素直に、セレスが口元に持ってきたバッファーの肉を食べた。

噛むと口全体にほのかな甘味とジューシーな肉汁が広がる。そして肉がとても柔らかい。

レクスがバッファーの肉を堪能していると、フィアが声を上げた。

「ああー！　お姉様！」

フィアは唇を尖らせて悔しがっていた。

セレスはレクスに尋ねる。

「どうだ？　美味しいか？　レクス」

「はい！　とても美味しいです！」

レクスは満面の笑みを浮かべた。それほどバッファーの肉は美味しかったのだ。

すると、フィアがレクスの肩をトントンと叩いた。

「レクス！」

「はい？」

「はい、どうぞ！」

フィアは強い口調で言って、箸でマタイケの葉を掴み、レクスの眼前に突き出す。

マタイケの葉も高級品の一つだ。栄養価が高いだけでなく、これを食べるとほんの少しステータスが上昇するのだ。レクスはありがたくいただく事にした。

「このシャキシャキ感とサッパリ感、良いですね……」

レクスが美味しそうにマタイケの葉を食べているのを見て、フィアはご満悦だ。

「くっ……やってくれるじゃないか、フィア……！」

今度はセレスが悔しそうな声を上げた。

こうして、レクスとネスラ家姉妹の楽しくも騒がしい昼食の時間は過ぎていくのだった。


「ふう、結構食べましたね……」

レクスは自室に戻り、のんびりと過ごしていた。レクスの部屋にはふわふわのベッドとソファーと机があり、とても広々としていた。

「そういえば、何か忘れているような……？」

フィアに話す事があったような気がする。

うーんと唸るレクス。

「ああ、そうだ！　フィアさんにシルリス学園の入学試験を受ける事を言わなくちゃならなかったんだ！」

　レクスはソファーから立ち上がり、自室を出た。

「ここがフィアさんの執務室……」

　レクスはフィアのもとへ向かおうとしたものの、彼女がどこにいるかわからなかった。近くにいたメイドに尋ねたところ、執務室にいるという事だったので、ここを訪れたのだ。

　レクスはドアをノックする。

「どうぞ」

　中からフィアの声が聞こえたので、レクスはドアを開けて中に入った。

「レクスか。どうしたの？」

　フィアは驚いていたが、すぐに用件を聞いた。

「フィアさんにお話ししたい事があって来ました」

　レクスは緊張していた。

　それでも彼は切り出した。

「……僕は、四日後に行われるシルリス学園の入学試験を受けに行きます」

　胸中に渦巻くさまざまな思いを押し込めて、レクスはなんとか言葉を継いだ。

「学園で色々な事を学びたいんです……！」

　レクスはそこまで言って頭を下げる。

ややあって、フィアはレクスに声をかけた。

「レクス、頭を上げて」

フィアは真剣な表情でレクスに尋ねた。

「……レクス、一つだけ聞かせて」

レクスは緊張して息を止める。

「……覚悟はある？」

レクスは思わずごくりと息を呑んだ。

無職である以上、たとえ入学できたとしても蔑まれる事は間違いない。それに耐えられるのかと、フィアは聞いているのだろう。

しかし、レクスはとうに覚悟していた。

「あります！」

「……そうか。うん。なら何も言う事はないよ」

フィアはレクスの決意に満ちた表情を見て頷く。

レクスはフィアに礼を言って執務室を出た。

＊＊＊

レクスがいなくなった執務室で、フィアは椅子の背もたれに身を預け、長い溜め息を吐いた。

「レクスが入学試験なんてね……」

王都の学園は基本的に実力主義だ。能力がなければ容赦なく切られる。フィアは脱落していく者をたくさん見てきた。

「レクス、頑張れ。負けるんじゃないよ」

レクスが出ていった執務室のドアを眺めながら、フィアはそう呟いた。

第二章　入学試験

「結構な人だかりですねぇ……」

フィアに試験の事を話してから四日後、レクスはシルリス学園にいた。

今日はシルリス学園の入学試験日だ。あれからレクスのステータスは成長した。

さらにスキルも成長し、『棒術・改』が『棒術・真』に進化し、アビリティに『連撃』が加わった。この『連撃』は、同じ攻撃を連続させると、威力が増加するというものだ。

「会場は……あっちですね」

レクスは会場らしき建物を見つめた。

「どこまでやれるかわかりませんが、できるだけの事はやりましょう」

レクスは決意のこもった眼差しで呟いた。

シルリス学園実践演習場――ここは、生徒達が魔法や武器を用いて戦闘訓練を行う際に使用される場所だ。
ここで新入生の入学試験が行われている。なお、シルリス学園の入学試験は、平民と貴族で分けて実施される。この演習場は平民の試験場だ。

「次！　試験番号二三四八番、リバイン！」

「は、はい！」

試験官に呼ばれた男子生徒――リバインは緊張した様子だ。彼はぎこちない動きで試験官の男が立つバトルフィールドへ向かった。

この試験は至って単純。ありとあらゆる手段を使って試験官に実力を認めてもらう。それだけだ。

「では、始め！」

「うおおおおぉぉぉぉ！」

リバインは開始の合図と共に鞘から剣を抜き、叫び声を上げて突っ込んでいく。

「はあ！」

そのままなんの捻りもなく、ただ真っすぐに剣を振り下ろす。

そんな単調な攻撃が試験官に通じるわけがなく――

「うわあ!?」

キイイイィィィン！

甲高い音と共に剣を弾かれ、リバインはよろめいた。試験官の男はその隙を見逃さない。

「くっ……！」

試験官の男の剣が喉元に突きつけられ、リバインは自分の負けを察した。

「そこまで！」

審判が声を上げると、試験官の男は剣を鞘に収め、リバインから離れた。

「くそ！」

リバインは悔しそうにバトルフィールドから去っていった。

「次！　試験番号二三四九番、レクス！」

「はい！」

ようやくレクスの順番が回ってきた。

（自分にできる事をやるだけです！）

レクスは立ち上がって、試験官のところへ向かう。

バトルフィールドに立つと、木の棒を構えた。

「おいおい？　この試験は遊びじゃないんだぞ？」

試験官の男が呆れて言った。これから試験を受ける平民の子供達も馬鹿にしたように笑い始める。

「ええ、わかっています」

だが、レクスにとってそんな事はどうでもいい。覚悟の上でここまで来たのだ。それに馬鹿にされるのは今に始まった事ではない。

「では、始め！」

審判の声で試験が始まった。

「やあ！」

レクスは開始直後、試験官の男に突っ込んでいく。

「なっ⁉」

試験官の男はレクスの動きの速さに驚く。その時にはもう、レクスは彼の眼前に迫っていた。

レクスはここで『棒術・真』のアビリティを発動した。

「『強打』！」

「くっ……！」

呻き声を漏らす試験官の男。だが、試験官の男は、レクスの木の棒をかろうじて受け止めていた。

「まだです！『連撃』！」

レクスは駄目押しとばかりに『連撃』を発動。試験官の男は、『連撃』によって徐々に威力を増すレクスの攻撃に耐え切れなくなり――

「ぐはっ……！」

ついにレクスの攻撃が直撃した。木の棒が試験官の男の鳩尾にめり込む。

試験官の男は意識を失い、その場に倒れた。

「「「「「……」」」」」

予想外の光景に、ほとんどの人が口をポカーンと開けていた。

やがて会場が、ざわめき始める。

「お、おい、試験官が倒されたぞ……」

「凄いね……あの子」

「すげえ！」

しかしレクスは疑問を感じていた。

（なんか試験官の人、動きが遅かったですね。手を抜いてくれたんでしょうか……？）

レクスは、試験官の男に負けると思っていたのだ。だが、いざ蓋を開けるとレクスの圧勝だった。

これを不思議に思わないわけがない。

「まあ、考えてても仕方ないですね。次に行くとしましょう」

レクスはそう呟くと、案内係に示されるまま、次の試験会場へ向かった。

＊＊＊

続いてレクスがやって来たのは、外の試験会場。

先ほどまでは違う会場だった貴族も、この試験からは同じ会場で試験を行う。

ここにはたくさんの人形が並べられており、それらは全て〝メテチル〟でできていた。メテチルは、金属の中でも一、二を争う硬さを持ち、魔法に対する抵抗力が強い。

ここで行う試験は、この人形達に攻撃してその威力を見るものだ。

「次！　試験番号、四二三番！　ラード・イスタンテ！」

試験官が名前を呼ぶと、金髪で少々派手な身なりの少年が立ち上がり、所定の位置についた。その顔つきはイケメンと言っていいくらいに整っている。

「「「「「頑張ってー！　ラード様ー！」」」」」

「ああ。頑張ってくるよ」

ラードが髪を手で払いながら返事をすると、また歓声が上がった。

レクスはラードの人気ぶりに驚きながら、彼の試験を見守る。

「始め！」

試験官の声が聞こえると同時に、ラードはメテチルの人形に向けて魔法の詠唱を始めた。

「炎よ！　我の願いに応じたまえ！　『炎刃（フレイムブレイド）』！」

すると、ラードの目の前に魔法陣が現れ、そこから三日月形の炎の刃が飛び出した。

人形を『炎刃（フレイムブレイド）』が直撃する。

煙が晴れると、ほんの少し焼け焦げたメテチル人形があった。

「す、凄い……ラード様があの人形を焦がしたよ！」

「もう『中級魔法』が使えるなんて……」

「しかも今のは短縮詠唱だったぞ」

ラードの取り巻き達は口々に彼を褒め称えた。

「これも君達が応援してくれたおかげさ」

ラードは金髪を掻き上げ、照れたように言った。

そんなラードに貴族、特に少女達が黄色い歓声を上げる。ついにはラードを取り囲んで騒ぎ出したので、試験官の男性も「ちょ、ちょっと……！」と慌てて止めに入る始末だ。

そんな騒ぎをよそに、レクスは驚いていた。

「あれが『中級魔法』ですか⁉」

レクスの初級魔法『水刃（アクアブレイド）』と比べて、ラードの『炎刃（フレイムブレイド）』はあまりに弱い。

まず、スピードが遅すぎる。あれでは魔物に避けられてしまう。

次に威力だ。あの『炎刃（フレイムブレイド）』では、仮に命中したとしても魔物一匹満足に倒せないだろう。

レクスがそんな事を考えていると、ようやくラードの騒ぎを収めた試験官が次の受験者の名前を呼んだ。

「次！　試験番号二三四九番、レクス！」

「……はい！」

レクスは気合のこもった返事をして、所定の位置に向かった。

見た限り『強打』や『連撃』だとあの人形には傷もつけられない。ここは先ほどの貴族と同じく魔法でいくのがいいだろうと、レクスは考えた。

レクスは前方にあるメテチル人形を見据えた。

「始め！」

試験官の声を合図に、レクスは魔法を発動した。

「『水刃（アクアブレイド）』！」

レクスは、『水魔法』を飛ばす。

スパアアアァァァァアン！

爽快な音が聞こえた途端、人形が真っ二つに割れた。

「「「「「……え?」」」」」

その瞬間を見ていた会場の人々は目を見張った。それもそのはず、このメテチル人形は受験生程度の実力では到底壊せないものなのだ。それをレクスは真っ二つにした。

静まり返った会場で真っ先に声を発したのは、先ほど試験を受けたラードだった。

「い、今のはイカサマだっ! だって魔法陣がどこにもなかった。どこかの誰かがその平民の代わりに魔法を放ったんだ!」

レクスは知らなかったが、魔法を使用する時は魔法陣が出現するのが当たり前らしい。

ラードの言い分に皆納得し始める。取り巻きの貴族の少女達も「そうよ、あんなのイカサマだわ!」と騒ぎ始めた。

レクスは慌てて説明しようとする。

「ち、ちょっと待ってください! あれは正真正銘、僕の魔法……」

「黙れ! この卑怯者め!」

レクスの言い分も聞かず、ラードは声を荒らげて感情を爆発させる。

ラードはレクスに吐き捨てる。

「全く、いくら試験に受かりたいからって……まあ、平民だから仕方ないか。何せ僕達貴族とは違って能力が低いんだからな!」

そう言ってラードはレクスを嘲笑(あざわら)う。

レクスは言いようのない怒りを感じた。

確かに貴族のステータスは平民より高いと言われている。だが、平民だから卑怯者だと決めつけられるのは我慢できなかった。

そして、ラードの次の一言でレクスは切れた。

「まあ、お前はこの試験で失格だろうが、次はこういう卑怯な真似すんじゃねえぞ！」

「――僕は卑怯な真似なんてしてません！」

ざわついていた会場がレクスの怒声によって静まり返った。

レクスはラードに詰め寄った。

「平民だから卑怯な真似をしたと？　ふざけないでください！　貴族だったら何を言ってもいいんですか！」

ラードはレクスの勢いにたじろいだ。

「き、貴様、誰に向かって言ってるのかわかって……」

「わかりませんし、あなたが誰なのかなんて知りたくもありません！」

「だ、だが、平民ごときに、あのメテチルの人形を真っ二つにできるわけがない」

ラードはそう言って、レクスを睨みつける。そして――

「……不正じゃないと言うなら、僕と勝負しろよ。平民」

ラードが口元を歪めて言った。レクスは困惑して、ラードを見つめた。

「僕に勝ったら試験をそのまま受ければいい。だが、もし貴様が僕に負けたら――この試験を辞退してもらおう」

ラードが勝手な事を言い出したので、試験官の男が止めに入ろうとする。

「ちょ、ちょっと君達、その辺に……」

「黙れ。教師の職を剥奪されたいか？」

「……っ。すみません……」

試験官の男はラードに脅されて、縮こまってしまう。試験官といえど、貴族には逆らえないのだ。

「さあ、どうする？　平民。勝負を受けるか、受けないか」

ラードは再度レクスに問いかけた。その口元には嫌らしい笑みが張りついている。

そこまでして、レクスを追い出したいようだ。

自分より凄い平民がいる事を認めたくないのだろう。

レクスはその勝負に乗る事にした。

「いいでしょう。受けて立ちます」

あんなちんけな魔法を放つ奴に負けるはずがない。貴族だかなんだか知らないが、全力で叩き潰すのみである。

ラードとレクスは試験会場として使われていない演習場にやって来た。さすがに試験会場で決闘を行うわけにはいかず、こちらに移動してきたのだ。

観客席には、決闘の噂を聞きつけて大勢の人達が集まっていた。ただ、その中に平民は一人もおらず、全員が貴族だった。レクスにとっては完全にアウェーだ。

「準備はいいか？　平民」

ラードはレクスを煽るように言う。

「ええ。いつでもどうぞ」

対するレクスは冷静にそう答えた。

「そうか。おい、審判。始めろ」

審判は先ほど試験会場でラードに脅された試験官の男だ。ラードに「おい、そこの教師。お前が審判やれ」と言われて、無理やり引っ張ってこられた。

試験官は怯えながらも右手を上げた。

「は、はい……で、ではこれから、決闘を執り行います。ルールの方は――」

「ルールなどいらん」

ラードは試験官の言葉を一蹴した。

「で、ですが――」

「おい、自分の立場がわかって言ってるのか？」

試験官はまたもやラードに脅されて口をつぐんだ。

ラードは鼻を鳴らした。

「……ふん。わかったらとっとと始めろ」

「で、では……始め！」

その声を合図に、ラードは魔法を発動する。

「炎よ、穿（うが）て！　『炎針（フレイムスピア）』！」

赤色の魔法陣がラードの眼前に出現し、そこから炎の鋭い針が複数放たれた。しかし、どれもスピードは遅く、一つ一つの威力もさほどなさそうだ。

レクスはラードの出方を見て、対応を決めた。

「『魔力纏』！」

木の棒を手にしたレクスは、そこに濃密な魔力を纏わせる。

「はっ。そんな木の棒で何ができる！」

ラードは木の棒を構えたレクスを鼻で笑い、馬鹿にした。

だが次の瞬間――

「『風息（ウィンドブレス）』！」

レクスは木の棒を振るい、魔力を纏った風を周囲に吹き散らした。すると、ラードの炎の針は急に勢いをなくし、そのまま消滅した。

「なっ⁉」

レクスはその隙にラードに向かって一直線に突っ走る。

それを見たラードは慌てて魔法を試みた。

「くっ……！　炎よ、我の――」

「『強打』！」

しかし、レクスはラードが次の魔法を詠唱する前に、彼の懐に潜り込み、木の棒で思い切り腹を殴りつけた。

「があぁぁ!?」

ラードはそれをもろにくらい、吹っ飛ばされた。そのまま会場の壁に勢いよく衝突する。

「がっ……!?」

ラードは壁に打ちつけられた瞬間、呻き声を上げた。

だが、なかなかしぶとい。

なんとか立ち上がると、ラードは忌々しそうに呟く。

「これだけは使いたくなかったが……まあいい」

そう言って、ラードは気味の悪い笑みを浮かべた。そして詠唱を始める。

「――炎よ！　我に呼応せよ！　我の行く手を阻む者を排除せよ！　『炎大砲（フレイムキャノン）』！」

ラードの詠唱で、彼の眼前に先ほどより一回り大きい魔法陣が出現し、そこから一筋の炎が放たれた。

「僕にたてついた事を後悔するがいい！」

ラードは床に片膝をつき、はあ……はあ……と荒い呼吸を繰り返していた。よほど魔力を消費したのだろう。先ほどの『炎針（フレイムスピア）』とは明らかに威力もスピードも違う。

（これで僕の勝ちだ。平民ごときに僕の『上級魔法』を防げるはずがない……！）

レクスに一直線に向かう『炎大砲（フレイムキャノン）』を眺めながら、ラードは口元に笑みを浮かべた。

その直後――

「『水生成（アクアフォーム）』！」

レクスは水を生成する魔法『水生成（アクアフォーム）』を発動した。手のひらに生まれた水をラードの『炎大砲（フレイムキャノン）』に向かって放つ。

ジュウウウウゥゥゥ……

水と炎がぶつかり合った。すると、みるみるうちにラードの放った『炎大砲（フレイムキャノン）』は勢いを失い、消え失せた。

「なっ……僕の『上級魔法』が……！」

ラードは唇を噛みしめた。

レクスはその隙を見逃さず、ラードに向かって一直線に詰め寄る。

「『強打』！」

ラードに思い切り木の棒を振り下ろす。

ラードが腕で頭をかばって目を瞑った、その時――

「そこまでだ！」

ラードに木の棒が当たる寸前、女性の声が聞こえた。レクスは振り下ろしかけた木の棒を止める。

「あ、あなたは……！」

ラードは振り返り、驚く。

しかし、レクスは彼女が誰なのかわからない。

「二人とも、そこまでにしておけ。それ以上やるなら二人とも試験失格だ」

女性はそう言いながら歩いてくる。やがて女性はレクスとラードの間に割り込むようにして立った。

「あ、あの、あなたは一体……？」

レクスは女性に尋ねた。すると、ラードが声を震わせて言う。

「お、おい、この方を知らないのか……！　この方は――」

ラードが言いかけた時、女性は手を上げてそれを制した。

「私はウルハ・オルドバート。この学園の理事長をしている」

その女性――ウルハは腰に右手を当てながら名乗った。

ウルハは黒髪のショートヘアに鋭い瞳を持ち、スラリとしている。カッコいいという言葉が似合う女性だ。

「学園の理事長であるウルハさんがどうしてここに？」

レクスの問いに、ウルハは厳しい表情のまま答える。

「新入生の実力を見るために視察をしていたのだ。そうしたら何やら騒がしかったんでな」

そして、ウルハはレクスとラードを交互に軽く睨みつける。

「さて、事情を聞かせてもらおう」

「ふむふむ……それで決闘する事になったと？」

レクスとラード、そして試験官から事情を聞いたウルハは頷いた。

「そうです！　この平民に身のほどを教えてやろうと……」

ラードがウルハに訴えるが、レクスも反論した。

「いや、そもそもそちらが僕の魔法をイカサマ呼ばわりするからでしょう！」

ヒートアップする二人をウルハが宥める。

「おい、二人とも。少し落ち着け」

レクスもラードも言い足りなかったが、ウルハの言う事を聞いて黙り込む。ウルハはもう一度確認した。

「まず、金髪の少年。そちらの黒髪の少年が魔法陣なしに魔法を放ったというのは本当か？」

「ええ、そうです！　魔法陣なしに魔法は発動できない。だから——」

別の誰かがこの平民の代わりに魔法を放ったに違いないと、ラードは続けようとした。

しかし——

「それは違うぞ」

ウルハはラードの言葉を遮った。

「いいか。魔法というのは、魔法陣がなくとも発動できる。このようにな」

ウルハはそう言うと、右手を自らの前に突き出し、詠唱した。

「——『氷弾』」

すると、突如氷の塊が出現し、誰もいない演習場の壁の方へ勢いよく飛んでいった。魔法陣は出ていなかった。

「なっ!?」

ラードは驚きを隠せない。

「でもどうして……」

ウルハはやれやれと首を横に振った。

「仕方ない。お前達には特別に魔法がどういうものか教えてやろう」

そしてウルハは魔法について語り始めた。

「まず、魔法は二種類ある。一つ目は詠唱し、魔法陣を媒体とする魔法。金髪の少年、お前が先ほど使っていた魔法だ」

ウルハは再び右手を前に突き出し、魔法を唱える。

「我、ここに命ず。風よ、その鋭き穂をもって敵を貫け……『風槍（ウィンドシュペーア）』」

緑色の魔法陣が出現し、そこから鋭い『風魔法』が勢いよく放たれた。

ラードは自分とは桁違いの威力に目を見開いた。ウルハは構わず続ける。

「二つ目が詠唱を必要とせず、魔法陣がなくとも発動できる魔法——つまり、スキルによる魔法だ。魔法は勉強して習得する事もできるが、極稀（ごくまれ）にスキルとして習得している者もいる」

ラードは先ほどから驚いてばかりだ。ずっと魔法は勉強する事でしか習得できないと思い込んでいたからだ。

「スキルの魔法は、詠唱や魔法陣を必要とする魔法より魔力の消費が少なくて済むし、威力も強い」

ラードが呆然としている一方で、レクスは理事長の話を相槌を打ちながら聞いていた。

「ただ、スキルとして習得した魔法にも欠点はある。決められた魔法以外使用する事ができないのだ」

「それはどういう事でしょうか？」

レクスは首を傾げた。

ウルハは、魔法のスキルを持っているのにそんな事も知らんのかというような目付きでレクスを見て、溜め息を吐いた。

「例えば、『氷弾（グラースバレット）』なら『氷弾（グラースバレット）』のみ、『炎弾（フレイムバレット）』なら『炎弾（フレイムバレット）』しか使えないという事だ」

「えっ？」

レクスは間抜けな声を漏らしてしまった。

それもそのはず。レクスのステータスには個別の魔法名はなく、『初級魔法』や『中級魔法』という階層の表記しかない。

レクスの様子を不審に思ったウルハが、訝しげに尋ねる。

「……どうした？」

「い、いえ……なんでもありません」

レクスは聞いてみようかとも思ったが、なんとなくやめておいた方がいい気がしたので誤魔化した。

「……そうか。では続けるぞ」

ウルハの言葉にレクスは小さく頷いた。

「今までの説明だけを聞くと、スキルの魔法の方が強いように思えるだろう。だが、自ら学んで習得した魔法にもメリットはある」

「……そのメリットとは？」

今度はラードがウルハに問いかけた。ウルハは頷いて答える。

「スキルの魔法に比べて、多彩な魔法を使えるという事だ」

ラードは納得したように頷いた。

その後もウルハは魔法についての話を続け、やがてふぅと一息吐いた。

「さて、魔法についてはこれくらいだが……」

ウルハはそう言ってラードを見た。

「金髪の少年。名はなんと？」

「ラ、ラード・イスタンテです」

ラードは緊張気味に答えた。

「ふむ、そうか。君はイスタンテ家の……」

ウルハは呟きながらうんうんと頷いた。

「では、ラード。貴様は入学試験失格だ。早々に立ち去るがいい」

「なっ――」

ラードは反論しようとして、口をつぐんだ。考えてみれば自分があの平民の試験を邪魔し、決闘騒ぎを起こしたのだ。魔法を全く知らなかったがゆえに。

反省したラードはレクスに向き直った。

「すまなかった。僕のせいで君をこのような事に巻き込んでしまって……謝って許される事ではないかもしれない。それでも、どうか……！」

ラードは素直に頭を下げて謝る。

「頭を上げてください」

レクスに言われて、ラードは顔を上げた。ラードはレクスから何を言われようとも全て受け止めるつもりだった。

「――僕はあなたを許す気はありません。僕の試験を邪魔したのですから」

それを聞いてラードは今にも泣き出しそうな顔になる。レクスはラードの目を真っすぐ見つめて、言葉を継いだ。

「ですが、これに懲りたなら二度と人を馬鹿にしない事ですね」

その声は不思議と柔らかかった。ラードは涙をこぼした。

「本当にすまなかった……」

ラードはその後、しばらく頭を下げ続けたのだった。

「それで、僕は試験を続けられるのでしょうか」

ラードが演習場を去ったあと、レクスはウルハに尋ねた。おそらく、レクスの順番はとっくに過ぎているだろう。

不安げにするレクスに、ウルハは首を横に振った。

「いや、その必要はない。お前の実力はこの目でしっかりと見せてもらったからな」

ウルハは決闘を止める前、こっそりと決闘の様子を覗いていたのだ。

「文句なしの合格だ」

ウルハの言葉にレクスは目を白黒させる。

「い、今なんと？」

レクスは念のためもう一度聞いてみた。

「合格だと言っている」

その瞬間、レクスは今までの苦労が報われたと思った。

（やりました……やりましたよ、フィアさん！　僕、受かりましたよ！）

レクスは心の中で呟いた。その顔には、晴れやかな笑顔が浮かんでいた。

「か、可愛い……」

ボソッとウルハが呟いた。

「……？　何か言いました？」

レクスは首を傾げて尋ねた。

ウルハは慌てて誤魔化す。

「い、いや、なんでもない。それよりもお前は試験合格だ。もう帰っていいぞ」

「そうですね。そうさせてもらいます」

早く帰ってフィアに伝えなければならない。

レクスが演習場の出口に向かおうとした時――

「――待て」

ウルハが呼び止めた。

レクスが振り向くと、ウルハは苦笑して尋ねる。

「そういえば、まだ名前を聞いてなかったな」

レクスもウルハと同じく苦笑した。

「そうでしたね。僕の名前はレクスです」

「そうか……！　お前が……」

ウルハはなぜか驚いている。

「……？　あの……」

レクスは疑問に思って尋ねるが――

「んんっ。いや、なんでもない。こちらの話だ」

ウルハはわざとらしく咳払いした。

「さて、レクスよ。お前はこれで入学試験は合格だが、この事は他の受験生には秘密だ。いいな？」

「ええ、もちろん。そのつもりです」

他の受験生にそんな事を言ったら大騒ぎになるのは目に見えている。レクスもそれはごめんだった。

「……そうか。ならいい」

ウルハはそう言うと、「それじゃあ、また入学式で会おう」と演習場を去っていった。

「僕も帰りますかね」

レクスは呟いて、今度こそ演習場をあとにするのだった。


レクスが演習場から学園の正門へ向かう道中――

「やあ、先ほどは災難だったね」

レクスは通りかかった少年に声をかけられた。おそらくレクスと同じように、ここの入学試験を受けに来たのだろう。

藍色(あいいろ)がかった髪に、黒色の瞳の人懐っこそうな少年だ。レクスよりも身長が高く、顔立ちが整っている。

「は、はぁ……」

レクスは困惑する。

「あ、ごめん。自己紹介がまだだったね。俺はリシャルト・エ……んんっ、リシャルトっていうんだ」

その少年——リシャルトは明るく名乗った。

「そ、そうですか。僕はレクスといいます」

相手が名乗ったので、レクスも一応自己紹介した。

戸惑うレクスをよそに、リシャルトは話し続ける。

「そうか、レクスっていうんだね。早速だけどさ、さっきの魔法凄かったよ！　あれってスキル？」

「あ、はい。そうです」

なんというか、悪い人ではないのだろうが……話しづらい。レクスはリシャルトに漠然とした苦手意識を感じた。

「やっぱりそうか。凄いね、あの威力。俺もあれくらい使えたらな～。あ、そういえば、そろそろ次の試験が始まるから行かないとだった。じゃあね！」

リシャルトはそう言うと、走っていった。レクスは、そんなリシャルトの背中を困惑気味に見送ったのだった。

＊＊＊

レクスがシルリス学園を去ったあと、小さなトラブルがいくつかあったものの、入学試験は終了した。

「はぁ。今年も書類が山積みだな……」

ウルハはシルリス学園の理事長室で、自分の机に置かれている書類の山を見て、溜め息を吐いていた。

この書類は全受験生の試験の結果を記したものだ。これらに目を通し、全ての受験生の合否を決めなければならない。

「それにしても、本当に可愛いかったな……」

ウルハの顔は入学試験の視察の際のキリッとしたものではなく、口元がにやけ、だらしなかった。

実は、ウルハはフィアと古くからの知り合いだった。ウルハもディベルティメント騎士団の出身だったのだ。二人は同時期に入団し、かれこれ十年くらい付き合っている。

「さて……と。書類を片付けるとしようか」

ウルハはそう呟くと書類の山から一枚取り、印を押し始めた。

＊＊＊

「ただいま〜」

「「「「「お帰りなさい、レクス君」」」」」

レクスがネスラ家に帰ると、いつも通り六人のメイド達がレクスを迎えてくれた。最近はレクスもこの対応に慣れてきた。

「レクス君、今日はお帰りが早いですね」

シュレムが一歩前に進み出て言った。

入学試験の終了予定時間よりもかなり早く帰ってきたのを不思議に思ったらしい。

「えっと、これにはちょっと事情がありまして……」

レクスは話してもいいものか迷った。確かウルハは、「他の受験生には秘密」と言っていた。それなら受験生ではないシュレムには話しても大丈夫だろう。

そう考えたレクスは打ち明ける事にした。

「実は――」

入学試験でラードという貴族の少年と揉めて決闘になった事、ウルハ理事長が途中で仲裁に入り、その流れで魔法について教えてもらった事などを話した。

シュレムはレクスの話を聞いてもまだ疑問に思う事があった。

「……事情はわかりましたが、お帰りが早いのはどうしてでしょう？」

「それは、ウルハさんにこのあとの試験を受ける必要はない、入学試験は合格だから帰っていいと言われたからです」

するとシュレムは目を見開く。

「そ、それは本当ですか？」

「ええ、本当です」

「本当の本当にですか？　合否の発表はまだ随分先ですが……」

シュレムは再度レクスに尋ねた。

「本当ですって。シュレムさんに嘘を言っても仕方ありませんし」

レクスがそう言うと――

「……レクス君、おめでとう！」

シュレムがレクスを抱きしめた。

「ち、ちょっと！　苦しいです……」

レクスはシュレムの腕を叩く。しかし、シュレムは構わず抱きしめ続けた。

「シ、シュレム様、その辺になさった方が……レクス君も苦しそうですし……」

五人のメイドの一人、薄紫色のショートヘアで、おっとりした感じのメイド――フェルがおずおずと言った。シュレムは、レクスが苦しそうにしているのに気付いた。

「す、すみません……嬉しくてつい」

シュレムは申し訳なさそうに言った。

「い、いえ……大丈夫です。それよりも、シュレムさん。フィアさんは今どちらに？」

今はお昼を過ぎた頃。そろそろ昼食の時間なので、フィアも家にいるはずだ。レクスは合格した事を早く彼女に伝えたかった。

「お嬢様はまだ勤務中だと思います。たぶん、騎士団の詰所におられるかと」

「そうですか……仕事なら仕方ないですね。試験の事は帰ってきたら伝えます」

その時――

グウウゥウゥウ～……

レクスの腹の虫が大きな音を立てた。

「す、すみません……何か食べるものはありませんか？」

「うふふ……レクス君ったら、お腹の音まで可愛いだなんて」

「か、からかわないでください、シュレムさん！」

レクスは真っ赤になる。メイド達はくすくす笑っている。

「食堂へ行きましょう。昼食ができていますよ」

シュレムはそう言うと、レクスの手を引いて食堂へ行く。メイド達もそのあとに続いた。

＊＊＊

食後、レクスがメイドの一人、ルーミアにネスラ家の庭園を案内してもらっていると、何やら屋敷の中から大きな声が聞こえてきた。

「レクスぅ！」

「フィアさん！」

それは仕事を終えて、家に帰ってきたフィアの声だった。

フィアは猛ダッシュで走ってきた。そしてそのままの勢いでレクスに抱きつく。

「おわっ⁉」

レクスは後ろに倒れそうになったが、フィアが両腕をレクスの背中に回して支えた。

「ただいま、レクス！」

「お、お帰りなさい……フィアさん」

レクスが返事をすると、傍らにいたルーミアも挨拶をした。

「お帰りなさいませ、フィアお嬢様」

「ただいま」

フィアはルーミアにも笑顔でそう返した。

しかし、すぐに緊張した表情でレクスに向き直る。

「と、ところでレクス、今日の入学試験どうだった？」

「ああ、実は……」

レクスはシュレムにしたのと同じ話をフィアにも語った。

「本当に？　あのウルハに合格って言われたの？」

話を聞き終えたフィアは、驚いた様子でレクスに尋ねた。

「ええ……というか、フィアさんはウルハさんとお知り合いなんですか？」

レクスはフィアに質問した。

「ああ、うん。ウルハとは、彼女が騎士団に入団した当初からの付き合いでね。かれこれ十年くらいかな」

「えっ！　ウルハさんもディベルティメント騎士団だったんですか!?」

「まあ、今はもう抜けちゃったんだけどね……」

なんでもウルハは五年くらい前に突然、「私に合わないから辞める」と言って去っていったそうだ。

「そ、そうなんですか……」

フィアが表情を曇らせたので、レクスは深く立ち入りすぎたと思った。

しかし、フィアはすぐにいつもの明るい表情に戻った。

「まあ、それは置いといて。レクス、今日の夕食は合格祝いよ！　料理もいつもより豪華だから楽しみにしててね」

「は、はい！」

レクスは笑顔で返事をしたのだった。

＊＊＊

夕食までかなり時間があったので、レクスは冒険者ギルドで良さそうな依頼を物色していた。現在までに稼いだお金は四十万セルクちょっと。入学金はなんとか払えるが、目標としている六百万セルクには到底届いていない。

「おお、これなんか良さそうですね」

レクスは一枚の依頼書を手に取った。

【推奨冒険者ランク】Eランク以上
【依頼内容】ブルーラットの尻尾五本
【報酬】五万二千セルク
【獲得ポイント】二十ポイント
【場所】ガルロアダンジョン（一階層～三階層）

「ガルロアダンジョン？」

レクスは首を傾げた。

（とりあえず、受付の方に聞いてみましょう）

レクスはその依頼書を掲示板から剥がし、受付に並んだ。

＊＊＊

「ここがガルロアダンジョンですか……」

レクスは目の前の建物を見上げて呟いた。そこには、どこまでも上に伸びる、塔のような建物があった。

「ギルドカードを見せてくれ」

レクスがガルロアダンジョンの入り口に着くと、槍を持った衛兵にギルドカードの提示を求められた。レクスはギルドカードを衛兵に見せる。

「ふむ……Eランク、か」

衛兵はそう呟いてレクスにカードを返す。

「これはあくまで忠告だが、上るのは五階層までにしておけ。六階層以降は魔物が急激に強くなるからな」

「はい。ありがとうございます」

「ああ、礼はいい。俺達はこれが仕事だからな」

衛兵は恥ずかしそうに言った。

レクスは衛兵に会釈し、ガルロアダンジョンの入り口の階段を上った。

「レイン、もう出てきて大丈夫ですよ」

レクスが袋の口を開くと、レインウルフのレインが出てきた。

「グルウウゥゥ♪」

レインは久しぶりに外に出られて嬉しいようで、鳴き声を上げながらレクスにすり寄った。

「ごめんなさい、レイン。なかなか外に出してあげられなくて」

レクスはレインの頭を撫でてやる。

「グルウゥゥ♪」

レインは、僕は全然大丈夫だよ！　とでも言いたげに鳴いた。

「よし、じゃあ行きましょう！　レイン！」

レクスはレインの頭から手を放し、出発の号令をかけた。

一人と一匹は目的の魔物、ブルーラットを探しに一階層を進んだ。


「キキッ！　キッ！」

「あれがブルーラットですか……」

レクスは目の前で甲高い鳴き声を上げる青い体毛の小さい魔物を見て呟いた。

ブルーラットの数は三匹で、こちらを見据えている。

「『見る』！」

初めての魔物なので、レクスはまずステータスを調べる事にした。

レクスの眼前にブルーラットのステータス画面が出現する。

「素早さがずば抜けてますね」

ただ、他の項目はあまり大した事はなさそうだ。それにしても――

「……『共鳴』とはなんでしょう？」

ブルーラットのスキル欄には『共鳴』というスキルがあった。

レクスは『共鳴』がどのようなスキルなのか気になったが、自分が魔物の前にいる事を思い出して戦闘に集中した。

「……考えてても仕方ありませんね。レイン、いきますよ！」

「グルゥ！」

レクスは木の棒を袋から取り出し、唱えた。

「『魔力纏』！」

魔力は木の棒を覆うと、さらに先端に刃を形成していき、疑似短剣となった。これはレクスが最近編み出した『魔力纏』の新しい使い方だ。

「はぁ！」

レクスは持ち前の素早さでブルーラットに接近し、魔力を纏った木の棒を振り下ろした。

「キキィ⁉」

ブルーラットはレクスの速度に反応できず、次の瞬間真っ二つになった。残りは二匹。

「グルウウゥウゥウ！」

レクスに続いてレインが、スキル『突撃』でブルーラットに体当たりする。ブルーラットはもろにくらい、宙を舞って地面に叩きつけられた。

残りはあと一匹だ。

「キキイイィィイィ！」

すると突如、ブルーラットが大きな声で鳴き始めた。

「くっ……！」

(頭が今にも割れそうですっ……！)

レクスはあまりにも甲高い音に耳を塞いだ。レインもなんとか耐えているが、いつ気絶してもおかしくなさそうな様子だ。

（何かこの音を緩和できる方法はないのでしょうか……？）

このままではとてもではないが戦えない。レクスは必死に思考を巡らせる。

「そうだ、あれなら！」

レクスは閃いて、即座に行動に移した。

「『風壁』！」

すると、レクスとレインを囲うように風が吹きすさぶ。先ほどの甲高い音は緩和され、レクス達のところにほとんど届かなくなった。

「これで終わりです！」

レクスは風を纏ったままブルーラットに接近し、魔力で覆った木の棒を振り下ろした。

「キキィ⁉」

ブルーラットは真っ二つに切り裂かれ、息絶えた。

「ふう、なんとか倒せました」

レクスは一息吐いて呟いた。

「依頼は五匹分の尻尾なので、これをあと二匹も討伐しないといけないんですね……」

レクスは先ほどの甲高い鳴き声を思い出して、思わず溜め息を吐いた。

「グルウゥ……」

今の戦闘はレインも応えたようだ。

「とりあえず、ステータスとスキルと素材を取りましょうかね」

レクスはもう一度重い溜め息を吐くと、自分の目の前に表示された画面に目をやった。

ブルーラットのステータス画面を前に、レクスは何を取ろうかと考える。

「とりあえず、素早さを取ってあとは……」

スキル欄の『共鳴』に目をやった。ブルーラットが出したあの甲高い音はこの『共鳴』だろう。

レクスは興味を引かれた。

「『共鳴』を取りましょう」

レクスは三匹のブルーラットが持っている『共鳴』を全て選択し、習得した。

◇条件を満たしたため、『共鳴』に次のアビリティが追加されました。
『反射』『効果範囲拡大』『密集』『増幅』

続いて、レクスは自分のステータスを表示させた。

○レクス
【Ｌ　Ｖ】　２８
【体　力】　２６４７５／２６４７５　**【魔　力】**　１５０５８／１８６７５
【攻撃力】　２５０３４　**【防御力】**　１５３９４
【素早さ】　３１４３６　**【知　力】**　１０７６８

【スキル】

『日常動作』『棒術・真（2／15）』『脚力強化（中）（0／10）』

『威圧（中）（0／10）』『突撃（2／10）』『水魔法（4／5）』

『風魔法（5／10）』『飛翔（1／10）』『共鳴・上（0／15）』

【アビリティ】

『棒術・真』――『強硬』『器用』『強打』『魔力纏』『連撃』

『水魔法』――『初級魔法』

『風魔法』――『初級魔法』『中級魔法』

『飛翔』――『安定』『速度上昇』

『共鳴・上』――『反射』『効果範囲拡大』『密集』『増幅』


「う～ん、『効果範囲拡大』と『反射』『増幅』はなんとなく想像できますが、『密集』はどんな効果があるのかわかりませんね」

レクスはそこで一旦考えるのをやめて、いつも通り全ての素材を回収し、袋に入れた。

「さてと。依頼目標のブルーラットの尻尾は残り二本ですね。行きましょう、レイン」

「グルゥ！」

レクスとレインはブルーラットを探しに、一階層のさらに奥へ進んでいった。

外では日がすっかり暮れた頃――

「はあ……やっと終わりましたね」

レクスはガルロアダンジョンを出て、冒険者ギルドに向かっていた。

「グルゥ……」

レインももうこりごりだといった様子。耳も垂れ気味でお疲れのようだ。

あのあと、レクスとレインは残り二本の尻尾を集めるため、ブルーラットを探して討伐した。その際にまたもや『共鳴』をくらったのだ。

「もうブルーラットの討伐はしばらくいいです……」

重い溜め息を吐きながら呟く。

しばらく歩いていると、王都の門が見えてきた。

「レイン。そろそろ袋の中に入ってください」

レインが袋に入ったのを確認して、レクスは門を通った。

「さて……」

レクスはさっさと冒険者ギルドで依頼達成を報告する事にした。早くしないとレクスの合格祝いである夕食に間に合わなくなってしまう。

「今日の夕食、楽しみです」

どんな料理が待っているのか。それを想像しただけで空腹感が一層増してくる。

レクスは小走りで冒険者ギルドへ向かった。

冒険者ギルドに着いたレクスが報告を済ませると――

「おめでとうございます。今日からあなたはDランクとなります」

受付嬢が新しいギルドカードを手渡しながら言った。

「ほ、本当ですか？　ありがとうございます！」

これで今までよりも高額な報酬が貰える依頼が受けられる。

だが、まだDランク。レクスはこれで満足などしていなかった。もっとランクを上げなければ、六百万セルクなど到底貯められない。

「もっと頑張らないとですね」

レクスは決意を新たにして、冒険者ギルドをあとにした。

＊＊＊

「「「「「「お帰りなさい、レクス君」」」」」」

レクスがネスラ家に帰ると、六人のメイド達がいつも通り迎えてくれた。

「ただいま……」

「レクス君！」

「うわ!?　シュ、シュレムさん!?」

勢いよく抱きついてきたシュレムにびっくりして、レクスは声を上げた。

「無事に帰ってこられて偉いですね～」

シュレムはよしよしとレクスの頭を撫でる。

「こ、子供扱いしないでください！」

レクスは赤くなってシュレムの手を払いのけた。

「ふふふ。すみません、つい」

そう言ってシュレムは微笑む。レクスをからかっていたようだ。

「全くもう……」

拗ねるように呟くレクス。最近のレクスとシュレムはいつもこんな調子である。

「それはそうと、レクス君。食堂でフィアお嬢様とセレスお嬢様がお待ちです」

「セレスさんもいるんですか？」

「ええ、なんでもレクス君の合格を祝いたいとの事で、早めに仕事を切り上げてきたとか」

「そうなんですか……」

レクスはシュレムの言葉を聞いて、笑顔になった。自分を祝ってくれる人が増えるのは、とても嬉しい。

「さあ、食堂に行きましょう」

シュレムはうきうきと、レクスの手を引いて食堂へ向かった。

「わあ、凄いですね！」

レクスが食堂に着くと、テーブルを埋め尽くすように料理が並べられていた。果たして全部食べ切れるのだろうか。

レクスがテーブルに並ぶ料理の数に驚いていると――

「レクス、お帰り」

「ああ、セレスさん！　ただ――」

ただいま、と言う前にセレスはレクスにハグした。

「フィアから話は聞いたぞ。シルリス学園の入学試験に受かったそうじゃないか。しかも、あのウルハに認められるとはな」

凄いじゃないか、とセレスはレクスの頭を撫でる。

「い、いや、その、ありがとうございます……」

レクスは真っ赤になって呟くように言った。

「お、お姉様だけずるいです！　私も！」

そう言ってフィアは、ひょいっとセレスからレクスを奪った。レクスはようやく解放されたと一息吐いたが――

「むぐぅ!?」

フィアに抱きしめられたため、またもや息苦しさを味わう事になった。

「フィアめ……よくも……！」

今度はセレスがフィアからレクスを奪う。

「あ、ちょっと……！」

取っては取られ、取られては取ってを繰り返すセレスとフィア。

そろそろ本当にレクスが疲れてきた頃――

「お二人とも、レクス君を放してあげてください。レクス君が苦しそうですので」

メイド長のシュレムが口を挟んだ。二人はようやくレクスが苦しそうな表情をしている事に気付いた。

「す、すまない、つい……」

「ご、ごめん、気付かなくて……」

セレスとフィアは口々に謝る。

「全く……お二人はいつもレクス君の事になると我を忘れるんですから」

やれやれとシュレムが首を振ると――

「シュレムに言われたくない！」

「へ⁉」

二人がすかさず言い返し、シュレムは間抜けな声を漏らした。

「……んんっ。ま、まあ、それよりも」

シュレムはわざとらしく咳払いし、場を仕切り直す。

「レクス君も帰ってきた事ですし、合格祝いを始めた方がよろしいかと。料理が冷めてしまい

ます」

二人はしばらくシュレムをジト目で見ていたが、まあいいかと食卓に向き直った。

「ほら、レクスも」

フィアがそう言ってレクスの手を引く。

「はい！」

レクスは元気に頷き、皆と一緒に食卓についたのだった。


「ん～、美味しいです！」

レクスは料理を頬張りながら、感激していた。

魚を包む衣はサクッとしていて、それでいて中の身は柔らかい。ほのかな甘味が口全体に広がり、やみつきになる味だった。

「頑張って作った甲斐がありましたね！」

「レクス君のあの笑顔！　あれが見られただけで私は満足」

壁際に並ぶメイド達はそんな事をひそひそと言い合っていた。

「レクス、遠慮せずもっと食べていいからね」

「はい！」

フィアの言葉にレクスは元気よく返事をした。次にレクスが取ったのは、バッファーの肉の炒めものだ。

「……！」

和えられた卵が甘くふんわりしていて、バッファーの肉はジューシーで絶妙にマッチしている。

こちらも絶品だった。

「ほわぁ……」

レクスは今までにないほど、幸せな気持ちに包まれていた。

レクスの口元が自然と緩む。

「そういえば、フィア。シルリス学園の入学式っていつだ？」

ふと、セレスがフィアに質問した。

「確か一ヵ月後くらいだったと思います」

フィアは手を一旦止め、考え込むような仕草をしながら答える。

「そうか、一ヵ月後か……」

セレスは胸ポケットから手帳を取り出して、予定を確認した。

「えーと、今から一ヵ月後だと……あった。どれどれ」

手帳を見ていたセレスの動きがぴたっと止まった。

「……」

「……お姉様？　どうしたのですか？」

フィアが尋ねた。

「フィア。今からちょっと財政局で暴れてくる」

「……はい？」

セレスが突然席を立つと、フィアが慌てて腕を掴んで引き止める。

「ち、ちょっとお姉様、いきなりどうしたんですか!?」

「くっ、放せフィア！　なんだってレクスの入学式の日に会議が……やはり暴れてこなければ気が済まない！」

セレスは力ずくでフィアを引き剥がそうとする。

「お姉様っ、落ち着いてくださいっ！」

二人がギャーギャー騒いでいる中で、レクスは一人料理に舌鼓を打っていた。

(祝われるのってこんなに嬉しい事なんですね……)

料理を食べながらしみじみ思う。誰かにこんなふうに祝ってもらったのは初めてだった。

レクスの目から涙がこぼれた。

「どうしました？」

レクスが振り向くと、シュレムがいた。

「い、いえ……その、嬉しくて。こうして祝ってもらった事は今までなくて……」

レクスははにかみながらそう答え、袖で涙を拭った。

「そうですか……これ、使ってください」

シュレムは自分のメイド服のポケットから花柄のハンカチを取り出してレクスに渡した。

レクスはそのハンカチを受け取り、目に当てた。

「……すみません」

「レクス君」

「……？」

「前にも申し上げましたが、ここでは遠慮は無用です。ですから――」

シュレムは一度呼吸を整える。

「――自分のやりたい事を思う存分やってください」

「……はい」

レクスは満面の笑みを浮かべ、そう答えたのだった。

＊＊＊
「ここに来るのはいつぶりかしら」

茶髪のサイドアップが印象的な女は、頑丈そうな鉄の扉のある建物――闇ギルドの前に来ていた。

外観はギルドというよりバーと言った方がしっくりくる。

女は闇ギルドの扉を開けて、中に入った。

「お～う、いらっしゃ……ってルビーじゃねえか」

ギルドのマスターは久しぶりの顔に、やや驚いていた。

「久しぶりね、マスター」

マスターからルビーと呼ばれた女は軽く手を挙げた。

「それと、今は一応〝ルービア〟で通してるから。忘れないで」

「わーったよ。それにしても、かれこれ二年ぶりくらいだな。今まで何してたんだ？」

「ちょっと冒険者ギルドの職員をね」

ルービアは溜め息を吐きながら言った。

「マスター、カクテルちょうだい。いつものやつで」

「はいよ。っつか、いつもってほど来てないだろ……」

マスターは気だるそうな声でそう言うと、頼まれた酒を作り始めた。

少しして——

「できたぞ」

でき上がったカクテルの入ったグラスをカウンターに置く。

ルービアは「どうも」と言ってグラスを受け取り、カクテルを一口飲んだ。

「ぷっはあ……」

「それで、ルビー。話があるからここに来たんだろう？」

気だるそうな声から一転して、真剣味を帯びた声でマスターは尋ねた。

「だから、今はルービアだって言ったでしょう」

「すまんすまん」

マスターには悪びれた様子はない。

ルービアは溜め息を吐いた。

「まあいいわ。そうよ。私は依頼をしにここに来たの」

「ほう？」

ルービアがそう言うと、マスターは「面白そうだ」と呟いて続きを促す。

「最近冒険者登録したガキがいるんだけどね……」

そう言って、ルービアはポケットから四つ折りにした紙を取り出した。それはレクスが冒険者登録をした際に記入した登録用紙だった。

マスターはその紙を見て疑問の声を上げた。

「むっ？　職業欄に何も書かれていないようだが」

「そのガキは無職なのよ……！」

ルービアは忌々しそうに吐き捨てた。

ああ、そういう事か。つまり――マスターはそう考えて口を開く。

「そのガキとやらの始末を依頼しに来た、と」

ルービアはルビーと名乗っていた時から人より何倍も無職を嫌っていた。『無職はこの世に必要ない！』と。

マスターの言葉にルービアは頷く。

「……ええ」

「だが、そのガキは無職なんだろう？　〝首撫(くびな)での魔女〟と呼ばれていたお前なら、簡単に殺(や)れるはずだ」

ルービアは昔、いくつもの暗殺依頼をこなす暗殺者だった。相手を殺す際に首の頸動脈を撫でるようにスッと切る事から、いつしか首撫での魔女という異名がついたのだ。

しかし、ルービアは首を横に振る。

「あんなのと関わりたくないのよ。顔も見たくないし、見ただけで目が汚れるわ」

ルービアは口元を歪め、そう言った。マスターはそれ以上は何も聞かず、金の話をする。

「そうか……で、いくら出すんだ？」

ルービアはしばらく考えたあと、口を開いた。

「五百万セルク出すわ」

「そりゃまた大きい額だな」

ルービアの提示した額を聞いて、マスターはわずかに驚く。通常、暗殺の依頼は百五十万セルクほど。ルービアがどれだけ無職を毛嫌いしているかが窺える。

「ええ、だって確実に殺ってもらいたいもの」

「そうか。じゃあ、こっちで適当な奴を見繕っておく。それだけの額なら、受ける奴は多いだろうからな」

「頼んだわ」

ルービアはそう言って、残りのカクテルを一気に飲み干す。それから代金をカウンターに置くと、そのまま闇ギルドをあとにした。

＊＊＊

合格を祝ってもらってから数日後——

レクスは、ガルロアダンジョンの四階層でスケルトンと呼ばれる骨の魔物と戦闘を繰り広げていた。〝スケルトンの大骨を十本集める〟という内容の依頼を受けているのだ。今戦っているのが一体目だ。

「『水爆弾（アクアボム）』！」

レクスが唱えると、スケルトンの眼前に突如水の球が出現し、爆（は）ぜた。

「カタカタカタ!?」

スケルトンはそれに反応できなかったものの——

「効きませんか……」

スケルトンにダメージはなく、骨を少し濡らした程度だった。

「『水刃（アクアブレイド）』や『風弾（ウィンドバレット）』以外にも切り札が欲しいところですね」

いざという時のために魔法のバリエーションを増やしておいた方がいい。そう思ったレクスは、今後の課題について考えを巡らせた。

（う～ん、先ほどの爆発を応用できればいい切り札になりそうな気がするのですが）

「カタカタカタ！」

レクスが考え込んでいると、スケルトンが錆(さ)びた剣を振りかざして襲いかかってきた。

「あ……！」

レクスはある事を思いついた。早速スケルトンに魔法を発動する。

「『爆風(ウィンドブラスト)』！」

スケルトンの体の内部で風が収束すると、爆ぜた。

スケルトンの骨はバラバラに分解されていた。

「おお……」

なんとか上手くいったが、これは他の魔物にはやらない方がいいような気がした。血や内臓が飛び散りそうだ。

レクスの目の前に、倒したスケルトンのステータス画面が現れる。

「とりあえず一番数値の高い攻撃力を取って、あとは……」

レクスはスキルの欄を見た。

「『重斬撃(じゅうざんげき)』？　なんか強そうですね。一応取っておきましょう」

結局攻撃力と『重斬撃』を選択した。

『重斬撃』には『威力上昇』というアビリティがついていた。

その名の通り、威力が強くなるのだろうが、どのくらい上がるのかはわからない。これもあとで試さないと、とレクスは思った。

その後、レクスはいつも通り素材を全て回収して、袋に突っ込んだ。

「残りは九本ですね」

レクスは気合を入れ直した。

「よし。行きましょう、レイン」

「グルゥ！」

レクスの後ろに控えていたレインが元気のいい声で鳴き、レクスにすり寄ってくる。レクスが、その頭を優しく撫でてやると、レインは気持ちよさそうに目を細め、尻尾をブンブンと振った。ご機嫌のようだ。

「相変わらずサラサラですね」

どうやってこの毛並みを維持しているのだろうと、レクスは少し気になった。

それはさておき、レクスはレインの頭から手を離し、立ち上がる。レインは名残惜しそうにレクスの手を見つめる。

「レイン、行きますよ。昼には一度帰らなきゃいけないですし」

昼食は皆で揃って食べる。ネスラ家のルールだ。

「グルゥ！」

レインはわかったと言うように鳴いた。レクス達は四階層をさらに奥へ進んだ。

レクスはその後も順調にスケルトンを倒し、スケルトンの大骨は六本集まった。残りはあと四本だ。

何度か戦闘をこなした事で、レクスの攻撃力、防御力は大幅に上がっていた。

スキルも『重斬撃』が『超重斬撃』に進化して、『重力纏（じゅうりょくてん）』がアビリティに追加された。

試しにそのアビリティを六体目のスケルトンに早速使ってみたところ、骨が跡形もなく粉々に砕けてしまった。

レクスはびっくりして、『超重斬撃』自体を強い魔物以外には使わないと心に決めた。対人戦の時に使ったら大変な事になりそうだと思ったのだ。

その後、七体目のスケルトンを探してガルロアダンジョンを歩き回った。しばらくして曲がり角から現れたスケルトンの群れと鉢合わせた。

その数は五体。まだレクスには気付いていない。

「レイン！　行きますよ」

「グルゥ！」

レクスが小声でそう言うと、レインも小さく鳴いて返した。

「『風槍（ウィンドシュペーア）』！」

レクスは自分の眼前に風を収束させ、複数の槍を形成した。それらをスケルトンに向かって放つ。

「――!?」

スケルトン達がレクスの魔法に気付いたが、時すでに遅し。『風槍（ウィンドシュペーア）』はその鋭い穂先でスケルトンの骨ボディを貫通した。骨がバラバラになり、五体のうち三体のスケルトンが息絶えた。

「グルウウウゥウゥ！」

今度はレインが『水魔法』スキルで複数の刃を形成。『水刃』を放った。

「カタカタ――⁉」

残り二体のスケルトンは骨ボディをスパーンと切り裂かれ、動かなくなった。

「ふう、これで素材を集めれば依頼達成ですね」

レクスはステータスを取るため、スケルトンのステータス画面を見た。

「うーん、魔力をもう少し増やしておきたいですね」

今までバランスよくステータスを上げていたつもりだったが、レクスの魔力は他のステータスに比べて少し劣っていた。

レクスは残りを全て魔力に充てる事にした。

「だいぶ攻撃力も上がってきましたし、少しは強くなってますかね」

そう言って感慨深い声を漏らすレクス。

何せクジャ村を追放された当初は、体力も魔力も10しかなかったのだ。

そんなステータスでユビネス大森林帯を抜けようとした過去の自分を思い出して、レクスは苦笑した。

スケルトンの大骨を回収して袋の中に突っ込む。

「さて、依頼も達成した事ですし帰りましょう、レイン」

「グルゥ！」

そうして、レクスとレインはガルロアダンジョンの出口に向かった。

＊＊＊

王都に戻ったレクスは、冒険者ギルドで依頼達成の報告をしていた。

「これ、依頼書とスケルトンの大骨十本です」

袋の中から依頼書とスケルトンの大骨を取り出した。受付嬢はそれらを受付の奥にある部屋に持っていき、すぐに戻ってきた。

「はい、こちら、依頼達成の報酬となります」

受付嬢はそう言うと、十五万三千セルク分の通貨が入った袋をレクスに渡した。

「ありがとうございます。あと、すみません。素材を売る場所ってどこでしょうか？」

そろそろ色々な魔物の素材がたまってきていたので、レクスは袋の中身を整理したかった。

受付嬢は親切に教えてくれる。

「ああ、それでしたらここを出て、左に行ってください。二つ目の角を右に曲がれば〝ファーベル〟っていう店があるので、そこで素材を買い取ってもらえます」

レクスは丁寧に説明してくれた受付嬢にお礼を言う。

「すみません、ありがとうございました」

「いえいえ。何かわからない事があれば、遠慮なく聞いてください」

レクスは会釈すると、冒険者ギルドをあとにした。

「ここですね」

レクスは目の前のこぢんまりとした建物を見て呟いた。建物は木でできており、ファーベルと書かれた看板が掲げられていた。

レクスは軋む木の扉を開け、中に入る。

「いらっしゃーい！」

威勢のいい声にレクスが驚いて顔を向けると、カウンターに女性がいた。背丈はレクスよりも低く、茶髪のショートカットが印象的だった。

「あの、すみません。素材を売りたいんですけど……」

レクスはカウンターまで行き、用件を伝えた。

「オッケー！　じゃあ、ここに素材を出して！　鑑定するから！」

女性はバンバン！　とカウンターを叩き、ニッコリと笑いながら言う。

「え、えっと、なんと言いますか、ここじゃ載りきらないかもしれないです」

「ふーん、その袋にそんなに入ってるとは思えないけど……まあいいや。ならこっちに来て！」

レクスの持っている袋をしばらく訝しげに見ていたが、考えるのが面倒になったらしい。女性はレクスの手を取って、二階へ連れていった。

二階には〝ベント〟と呼ばれる素材でできた空間があった。ベントとはかなり頑丈な木材である。

「おお、広いですね」

「そうでしょ！　ここは時々魔物の解体に使う場所なんだ～」

女性は手を大きく広げ笑うと、レクスに尋ねる。

「それで、君が持ってきた素材って？」

「あ、はい。今出します」

レクスが魔法で内部の空間を拡張したこの袋は、出したいものを想像するだけで勝手にそれが出てくる仕組みになっている。レクスは今までに入手した素材を全て思い浮かべた。

すると――

「何、これ……!?」

レクスの持っていた袋が突如として強い光を発した。あまりの眩しさに女性は目を瞑る。やがて光が収まると、そこには――

「えっ……!?」

先ほどまで何もなかったはずの場所に、大量の素材が出現していた。

女性は目を見開く。

「う、嘘……魔法袋（マジックバッグ）は今時珍しくないけど、こんなに入るのは見た事がないよ!?」

普通の魔法袋は五十キログラム入れば良い方だ。しかし、レクスが魔法袋から取り出した素材はどう見ても百キログラムを超えている。

女性は俄然（がぜん）、レクスの持っている魔法袋に興味を持った。

「ち、ちょっと、それ貸して！」

女性はそう言うと、レクスから魔法袋を奪い取る。

「あ、ちょっと!?」

「我に万物を見通す力を……『鑑定』！」

レクスの言葉を遮り、女性はスキル『鑑定』を発動させた。

「……！」

女性は鑑定結果が表示された画面を見て、驚いた。

一見、どこにでもある魔法袋のようだが、容量は無制限。素材や食料などの鮮度を恒久的に保つ事ができるという非常に優れた機能までついている。

女性が驚いて固まってしまったので、レクスは困惑する。

「あ、あの……」

「ね、ねえ。君、これ、一体どこで手に入れたの？」

こんなに質の良い……いや、異常な魔法袋はこの王都でだって売ってないはずだ。

「ああ、それは僕が作ったんです」

「――えっ？」

女性は自分の耳を疑った。

「君……今なんて言ったの？」

「ですから、僕が作りました」

女性はしばらく呆然としたあと、レクスを問い詰める。

「君、名前は？」

「レクスです」

「じゃ、じゃあレクス君……これ、どうやって作ったの？」

女性は困惑していた。

かなり上質な魔法布を使わないと、これほどのものは作れない。

魔法布とは普通の布と違い、魔法を付与する事のできる布だ。〝フワラ〟という素材から職人が作るのだが、魔法布の質は職人の腕に左右される。

質のいい魔法布ほど値が張るので、普通庶民の手に渡る事はない。

しかし、レクスが持っている魔法袋は、並大抵の魔法布では作れない。

「えっと、スキルを使って作ったんですけど、どうやってやったかまではちょっと……」

レクスは困った様子で頬を掻きながらそう言った。

スキルを使用したらできてしまったというのが正しいので、レクス自身、製作方法を聞かれても上手く答えられないのだ。

それを聞いた女性はさらに驚いた。

女性はひとまず落ち着こうと、大きく息を吐いた。

「そっかぁ……」

さすがにどんなスキルを使ったの？　と聞くのは失礼だという事を女性は理解していた。個人の能力に関わる事だから易々と聞くものではない。

「あ、ごめん、これ返すね」

女性は申し訳なさそうな顔で、魔法袋をレクスに返した。

レクスは頷いてそれを受け取った。

「っと……そういえば自己紹介がまだだったね」

女性は髪の毛を軽く掻き上げながら、照れ臭そうにそう言った。

「私はクレール！　ドワーフ族よ」

女性はよろしくね、と笑った。

ドワーフは鍛冶などを得意とする種族だ。レクスは初めて見たドワーフ族の女性――クレールに挨拶する。

「こちらこそ、よろしくお願いします。ところでクレールさん」

「ん？」

「素材の方はどのくらいで買い取ってもらえるのでしょうか？」


その後レクスは、大量の素材をクレールに『鑑定』してもらい、無事買い取ってもらった。

クレールは目をキラキラさせて「凄い！　どれも品質が良い！」と言いながら『鑑定』していた。

一時間くらいかけて全ての素材を見終えたクレールは、素材の売却金として百八十万セルクをレクスに渡した。

クレール曰く、少し色をつけたんだとか。

レクスがファーベルをあとにする際も「今後ともファーベルをご贔屓に！」と威勢のいい声で言って、笑顔でレクスを送り出した。

それにしても——

「あれがドワーフ族ですか。話には聞いていましたが、本当に小さいんですね」

レクスはネスラ家に帰る道中でそう口にした。

レクスの聞いた話だと、ドワーフ族は大人でも小さいままだとか。という事は、若く見えたクレールも結構な年齢なのかもしれない。

「聞いてみたい気もしますが……まあ、女性に年齢を聞くのは失礼ですし、やめておきましょうかね」

レクスはそう呟いて、苦笑した。

「さて、昼食ができ上がってる頃でしょうから、早く家に帰らないと」

レクスは小走りでネスラ家へ向かった。

＊＊＊

ここで、レクスが冒険者ギルドで〝スケルトンの骨を十本集める〟というクエストを受けた時間まで遡る。

「あれか、レクスとかいうガキは」

鎧甲冑を身に纏い、無精髭を生やした職業〝騎士〟の男——ヨーゼフが受付で依頼を受けるレクスを見ながら呟いた。

「ええ、この依頼書に書かれている特徴とも一致しているし、間違いないと思うわ」

胸のあたりだけを覆うプレートを身につけた〝盗賊〟の女——リニエがヨーゼフに答えた。

「そうか……」

ヨーゼフは頬杖をついて大きく息を吐く。

現在、この二人は冒険者に紛れて、暗殺対象の確認を行っていた。

もちろん、ルービアが闇ギルドのマスターに依頼したものだ。

二人は闇ギルドからSランク認定を受けた〝宵影〟という手練れ揃いのパーティに所属する暗殺者だった。

ヨーゼフは暗殺対象のレクスを見て、疑問を感じた。

「なんだって無職の、しかもガキの暗殺依頼なんて。ほっとけばいいじゃねえか。大したスキルを持ってるわけでも、将来危険な存在になるわけでもないだろ」

リニエはヨーゼフを宥めるように言う。

「そういう事は気にしなくていいんじゃない？　これが終われば五百万セルクが手に入るんだし」

「まあ、それもそうか」

はあ、とヨーゼフは溜め息を吐いた。

（こう、なんつーか、もっと難しい依頼を受けたいんだよなぁ……そっちの方が俄然やる気が

出る）

ヨーゼフがそんな事を考えていると……

「ねえ、あの子、冒険者ギルドを出るわよ。どうする？　一応追うの？」

リニエの問いにヨーゼフは首を横に振った。

「いんや。追わなくていいだろ、実力なんてたかが知れてるしな」

「じゃあ、一旦戻ってあいつらと合流する？」

「そうだな」

あいつら、とは宵影のメンバーの事だ。

ヨーゼフとリニエの他にあと三人いる。

ヨーゼフとリニエは席を立ち、冒険者ギルドを出た。


「お、ヨーゼフにリニエ。早かったじゃねえか」

ヨーゼフとリニエが闇ギルドに戻ると、腰にダガーを二本差した男——イアンが手を上げた。

「んで、どうよ？」

イアンの質問に、ヨーゼフが答える。

「依頼書に書かれてるまんまだ。強いて言うなら、思ってた以上にガキだった。あれなら実力は大した事はないと思う」

「思う？　実際に戦っているところは見てこなかったのか」

今度はイアンの隣にいる片手剣を腰に差した女――アレッタがヨーゼフに尋ねた。

「ああ、見てない。時間の無駄だしな」

「ちげえねえ」

ヨーゼフの言葉にイアンがけたけたと笑った。

「……作戦はどうする」

聞き取れないくらいの声量で呟いたのは――エルドという男だ。

「ん？　ああ、作戦は……」

参謀役のイアンが説明を始める。

「まず、暗殺を依頼したっていうギルド職員の女が、ガキをユビネス大森林帯に誘き寄せる。俺達はそこに先回りして待機。陣形は、俺、リニエ、ヨーゼフが前、アレッタが後方、エルドは木の上だ」

イアンの説明に四人は所々で相槌を打つ。イアンは続ける。

「例のガキが来たら、俺達四人が出る。万が一討ち漏らした場合は、アレッタとエルドで対処してくれ。この作戦に異議のある奴は？」

イアンの問いかけに、四人は首を横に振った。

「よし。作戦実行は明日だ、いいな？」

宵影のメンバーはそれぞれ頷いたのだった。

＊＊＊

「うーん、どれにしましょう」

数週間後にシルリス学園への入学を控えたレクスは、冒険者ギルドにて依頼を物色していた。

「これにしますか」

レクスは悩んだ末、一番報酬の高い〝グレムリン七体以上の討伐〟という依頼書を掲示板から剥がし、受付に並んだ。幸いそれほど混んでいなかったので、すぐにレクスの番になった。

「すみません、この依頼を受けたいのですが」

レクスはそう言って依頼書を受付嬢——サイドアップの茶髪が印象的な女性、ルービアに渡す。

すると、ルービアは申し訳なさそうな表情を浮かべた。

「大変申し訳ないんですが、こちらの依頼を受けてもらえませんか？」

そう言ってルービアが渡してきたのは、レクスが持ってるのとは別の依頼書。レクスはそれを受け取り、目を通した。

ルービアは補足する。

「最近、ユビネス大森林帯でオブナーが大量発生していて……ギルドとしても困っていたところなんです」

「オブナー、とは？」

レクスは聞きなれない言葉に首を傾げる。ルービアの言い方からすると、魔物の類なのだろうが――

「オブナーは非常に攻撃的な植物系の魔物で、近くを通りかかった人々にすぐに襲いかかるんです。さほど強くないのですが、いかんせん数が多いので……実際、行商人が荷馬車を壊されたなんていう事もありました」

ルービアは苦々しげな表情で語った。

「そ、そうなんですか」

レクスはしばし考えて、口を開く。

「わかりました。その依頼を受けます」

レクスは自分の力で助けられるのであればと思い、引き受けた。

ルービアは何度も頭を下げる。

「ありがとうございます！　ありがとうございます！」

「い、いえ、そんな大げさな……」

「何度か他の冒険者に依頼したのですが、全て断られてしまって。受けていただけて本当に助かります」

「そ、それはお気の毒でしたね」

レクスは苦笑いしながら言った。確かに利益にならない仕事を引き受ける冒険者は珍しいのかもしれない。

ルービアはオブナー討伐の依頼書に印を押して、レクスに渡した。

「ではこれ、お願いします」

「あ、あの、こっちの依頼書はどうすれば……」

レクスは先ほど掲示板から剥がした依頼書をルービアに見せる。

「それでしたら、こちらの方でお預かりさせていただきます」

そう言ってルービアはレクスが持ってきた依頼書を受け取った。

レクスはルービアに会釈して、冒険者ギルドを出た。

＊＊＊

レクスが冒険者ギルドを去ったあと――

「あんなに簡単に騙されてくれるなんてね」

ルービアは受付の裏の休憩室で一人、ほくそ笑んでいた。

ルービアがレクスに言った、オブナーが大量発生しているという話や行商人の荷馬車が壊されたという話はもちろん嘘である。

確かにユビネス大森林帯にオブナーはいるものの、大量発生しているわけではない。これはレクスをユビネス大森林帯に誘き寄せるための罠（わな）だった。

「ふふふ……！」

ルービアは大声で笑いたいのを抑えていたが、それでも漏れてしまう。もうすぐであの忌々しい無職が処分されると思うと、嬉しくてたまらないのだ。

「今度こそは……」

闇ギルドのマスターが見繕った暗殺者達であれば失敗はないはず。マスターはあれでもやり手なのだ。

ルービアは抑えた声で再び笑うと、スッキリした気分で休憩室をあとにした。

＊＊＊

木々が鬱蒼と生い茂るユビネス大森林帯で、レクスはオブナーを討伐していた。

「『魔力纏』！」

彼は木の棒に魔力を纏わせる。

棒の硬度を強化し、威力を上げたのだ。

「『連撃』！」

レクスは前に踏み込んだ。『連撃』の効果で、攻撃を当てる度に威力が増していく。

「ギェアアアァァァ⁉」

オブナーは甲高い悲鳴を上げる。レクスが『連撃』を繰り返すと、やがて、悲鳴すら上がらなくなり、そのまま息絶えた。

「ふぅ、これで一匹目ですね」

しかし、彼は疑問に思っていた。

（それにしても、大量発生していると聞いたのですが、全然見当たりませんね？）

先ほどからオブナーを探しているのだが、出てくるのはゴブリンやウルフ、ビーといった魔物ばかり。

今倒したのが初めて遭遇したオブナーなのだ。

「たまたま通りかかった冒険者に討伐されたのでしょうか？」

レクスが考え込んでいると、目の前に倒したオブナーのステータス画面が表示された。

レクスはスキルの欄を見て疑問に思う。

「『植物魔法』？」

字面からして、植物に関する魔法なのはわかるが――

「まあ、一応取りましょう」

（どんな魔法なのかわかりませんが、今後役に立つかもしれませんしね）

レクスは『植物魔法』と魔力を選択した。

オブナーを討伐する前にも、数匹魔物を討伐していたので、ステータスは随分上がった。

スキル欄には新たに『植物魔法』が表示され、そのアビリティには『成長』なるものが記載されていた。

「『成長』ですか……」

名前の響きからしてよさそうなスキルだと、レクスは思った。

もしかしたら栽培している植物の成長を早められる、という効果があるかもしれない。

そう考えた彼はあとでメイド達に頼んで、ネスラ家の庭園の植物で試させてもらおうと決めた。

その後、倒したオブナーの素材を回収して袋の中に入れた。

「それじゃあ行きましょう、レイン」

「グルゥ！」

レインは元気よく鳴くと、尻尾を振りながらレクスの後ろを歩き始めた。

レクス達がしばらくユビネス大森林帯を進んでいくと――

◇『見る』を使用しますか？　はい／いいえ

唐突に画面が出現した。

「……？」

今まで、この画面が無意味に現れる事はなかった。

レクスは首を傾げながら「はい」を選択した。

すると――

「えっ!?」

レクスを取り囲むように、草むらや木の上に隠れる人影が見えるようになった。偶然他の冒険者と鉢合わせたわけではないだろう。明らかにレクスを狙った陣形を組んでいる。

「で、出てきてください！　隠れても無駄ですよ！」

レクスは声を張り上げた。しかし、その足は震えている。

（なんで僕なんかが狙われるんだ……）

心の中でそう思いながら、レクスは木の棒を握る手に力を込めた。

レクスが戦闘態勢に入ると、イアンが木の陰から姿を現した。

「ちっ、ばれちまうとは予想外だったが、まあいい。お前ら、出てこい」

イアンが声をかけると、三人がどこからともなく姿を見せた。その三人は最初に出てきたイアンと違って黒いローブで全身を隠していた。

「あ、あと一人いるはずです！」

声を震わせながらレクスは指摘した。イアンはまた舌打ちをして、合図のようなジェスチャーをした。

すると、木の上から人影が降りてきた。

これで全員だろう。『見る』スキルによれば、他に隠れている者はいなかったはずだ。

そう考えたレクスはイアン達に問いかける。

「あなた達は何者ですか？」

内心はすでに恐怖に支配されかけていたが、なんとか堪える。

「グルウウウゥゥゥウ……！」

レインは唸り、相手を威嚇していた。

「冥土の土産に教えておいてやるよ。俺達は宵影。お前を暗殺するためにここにいるのさ！」

イアンはそう言うと、腰から二本のダガーを抜き、レクスに襲いかかる。

「ひぃ……!?」

レクスは情けない悲鳴を上げた。

スキルのおかげで対魔物戦には慣れてきたが、対人戦――こういった本気の命のやり取りはした事がない。

レクスは恐怖で足がすくみ、自分の思うように動けなくなった。

そうこうしているうちに、イアンのダガーがレクスの目前に迫ってきた。

このままでは殺される。レクスがそう思った瞬間――

「グルウウゥ！」

レインがレクスを庇うように前に出た。イアンの二本のダガーがレインの体に突き刺さった。

「グルウウウウゥゥ!?」

レインは痛々しい悲鳴を上げた。

その姿を見たレクスは叫ぶ。

「レイン！」

イアンが二本のダガーを抜くと、レインから大量の血が流れた。レインは地面に倒れ、気絶した。

「レイン……！　レイン……」

レクスはレインの名前を何回も呼んで、涙をこぼす。

（僕が不甲斐ないばかりにレインがこんな目に……ごめんなさい。ごめんなさい……！）

「じゃあな」

レクスの動きが止まったところに、イアンはなんの感情もこもらない声でそう言うと、レクスにダガーを振り下ろす。

レクスはレインをぎゅっと抱きしめて、目を瞑った。


——こんなところで諦めていいのか？


レクスの耳に、どこからかそんな声が聞こえてきた。

レクスがおそるおそる目を開けると、そこは何もない真っ白な空間だった。いつの間にか抱えていたレインもいなくなっていた。

レクスは姿の見えない声に、力なく返す。

『いいんです。もうレインはいません。僕が情けないばかりに！』

——レインは死んじゃいない。あいつはそんな簡単に死ぬような奴じゃないさ。今なら間に合う。行け！

『でも……でも、足すらまともに動かないんだ。そんな僕がどうやって戦えば……！』

——この場にお前を助けてくれる奴なんかいない。お前が戦うしかない。レインを救えるのもお前だけだ。どうする？　それでも行かないのか？

その時、レクスは思い出した。

これは昔の自分だ。

昔のレクスはこんな口調だった。いつからだろう、こんなに卑屈になって、誰にでも丁寧な言葉遣いをしないと怖くなったのは。

だが、今はちょっと前までのレクスとは違う。

スキルを手に入れて、レインという魔物のパートナーもできて、フィアやセレス、シュレムといった心配してくれる人もできた。

今のレクスは一人ではない。

その瞬間、レクスの心の中で何かが変わった。臆病な気持ちが消え、代わりに温かいものが灯ったような、そんな気がした。


「――『風壁（ウィンドミュール）』」

「くっ⁉」

振り下ろされたイアンのダガーは、レクスの『風壁（ウィンドミュール）』に阻まれた。イアンは一度後退し、仲間達のところまで戻る。

「……『回復』」

レクスはレインに『回復』を使用した。

すると、みるみるうちに傷が癒えていく。レクスがレインをあっという間に回復させた事に、宵影のメンバー達は驚いた。

レクスは気絶したレインを自分の袋の中に入れた。

「よくもレインをやってくれましたね」

レクスの声は静かだが怒りを帯びていた。

「レインを傷つけた罰、受けてもらいますよ」

レクスはそう言うと、木の棒を構えた。

それを見た宵影のメンバー達は鼻で笑った。

「おい、お前ら、あのガキを囲むぞ。エルドは遠距離から援助を頼む」

イアンが指示を出すと、宵影のメンバー達は各々頷いた。

そして武器を抜き散開し、レクスを囲むように陣取った。木の陰に隠れて待機するエルド以外の四人が一斉にレクスに襲いかかった。

レクスには逃げ場はない。

しかし――

「……『強打』」

レクスは目にも止まらぬ速さで木の棒を横に振った。その攻撃は最初に突っ込んできた男――ヨーゼフの鳩尾を直撃した。

「ぐほおぉぉ……!?」

ヨーゼフはそのまま吹き飛び、木に激突。地面に落下して気絶した。

レクスはヨーゼフがいなくなった隙間を利用して、他の三人の攻撃を難なくかわす。

「『必中』」

〝弓使い（アーチャー）〟の職業を持つエルドが『必中』を使用して弓を放った。

このスキルは、どんなに適当に矢を放っても必ず相手に命中するという非常に便利で使い勝手の良いものだ。弓使いの中でも高レベルの者でなければ習得できないスキルなので、それだけでエルドは相当な手練れなのがわかる。

エルドがレクスの死角から放った矢は、一直線にレクスの頭に向かって飛んでいく。

だが――

「『風壁（ウィンドミュール）』」

レクスは自身の頭部周辺に、『風壁（ウィンドミュール）』を局所展開。エルドの矢を簡単に防いだ。

続けて魔法を発動する。

「『風槍（ウィンドシュペーア）』！」

レクスは自分の眼前に風の槍を生成し、それをエルドに放った。

「ぐっ……!?」

エルドは腹に『風槍（ウィンドシュペーア）』をくらい、呻き声を上げた。

『風槍（ウィンドシュペーア）』は勢いを止める事なくエルドを吹っ飛ばした。

ドゴオオオォォン！

エルドは木に背中を打ち付け、ずるずると滑り落ち、地面に倒れた。

「くそ！」

次々と倒されていく仲間を見て、イアンは歯軋りする。

しかし、すぐさま次の指示を出した。

「アレッタ、リニエ！」

「了解！」

「オーケー！」

アレッタとリニエは共に頷くと、レクスを挟み撃ちにしようと動き出す。

「『速斬撃』！」

「『刺突（しとつ）』！」

『速斬撃』は〝剣士（フェンサー）〟であるアレッタのスキル、『刺突』は盗賊であるリニエのスキルだ。

二人が狙うはレクスの腹部。

アレッタもリニエもかなりの使い手だ。そこらの冒険者であればこれで始末できただろう。だが、
相手が悪かった。

「『水刃（アクアブレイド）』！」

レクスは二人の攻撃が届く前に、『水刃（アクアブレイド）』を発動した。

「「――!?」」

二人は至近距離から放たれた『水刃（アクアブレイド）』に反応できず、もろにそれをくらった。

二人は地面に倒れ、気絶した。

レクスはイアンの方を見る。

「あとは、あなただけですね」

「……っ！　くそおおぉぉぉ！」

仲間が全員やられ、やけになったイアンは叫びながらレクスに突っ込んできた。

「『投擲（とうてき）』！」

イアンはスキルを使って二本のダガーをレクスに投げた。宵影をまとめているだけあってイアンも相当な実力の持ち主だ。

「『風壁（ウィンドミュール）』！」

ダガーはかなりのスピードでレクスに向かっていく。

しかし、そのダガーはレクスの作り出した風の壁に阻まれ、届く事はなかった。イアンの顔に悔しそうな表情が滲んだ。

「『強打』！」

「がっ……!?」

レクスの『強打』はイアンの鳩尾にクリーンヒット。吹っ飛ばされたイアンは木に激突して、地面に崩れ落ちた。

（くそっ……とんだ依頼を受けちまった。このガキ、ただ者じゃねえ。何が無職だ……）

イアンは心の中で悪態をつき、意識を失った。

イアンが倒れたのを見て、レクスはほっと息を吐く。

「ふぅ、これで全員ですね」

レインが血を流して倒れた時はどうなる事かと思ったが、とりあえず死なずに済んだ事に、レクスは安堵した。

「それにしても……」

なぜ自分を狙ったのだろうか。

さっきまでの戦いぶりを見るに、このメンバーは人と戦い慣れているようだった。

たぶん暗殺を専門に行うパーティか何かなのだろう。それにしたって、命を狙われる理由が思い当たらなかった。

そう疑問に思いつつ、レクスは口にする。

「まあ、わからない事をいくら考えても仕方がないですね。とりあえず、帰ったらフィアさんに報告しますか」

それはそれとして、あちらこちらで倒れているこの人達をどうするかだ。

「保安ギルドに連れていった方が良いのでしょうけど……」

保安ギルドとは、街の治安を維持するために犯罪者を取り締まっている組織だ。

そこに連れていくのがいいのだが、さすがに気絶している五人を運ぶ事はできない。

何か良い方法はないものか――

「そうだ！　袋に入れれば！」

レクスはすぐに実行しようとしたが——

「うーん、でも、レインの入ってる袋に一緒に入れるのは嫌ですね。仕方ありません。もう一個作りましょうか」

レクスはもう一つ同じ袋を作って、そこに気絶している五人を詰め込む事に決めた。

「『作る』！」

レクスが唱えると、周りの木々が光の粒子となり、レクスの手のひらに集まる。それはやがて形を成し、レクスの持っている袋と全く同じものができ上がった。

レクスはそれに魔力を付与し、容量を拡張する。これで五人くらいは入るだろう。

レクスは気絶している五人を次々と袋の中に放り込んだ。

「さて、と。行きますか」

一仕事終えたレクスは大きく息を吐くと、保安ギルドへ向かった。

＊＊＊

「ここが保安ギルドですか」

レクスは、全体的にシンプルなデザインの木造の建物を見て呟いた。

保安ギルドの存在は一応知っていたが、来るのは初めてだった。

レクスは保安ギルドに入り、受付に向かう。

「あの、すみません」

受付に誰もいなかったので、レクスは呼びかけた。しばらくすると、奥から一人の若い男性が出てきた。

「すみません、仕事が立て込んでて――」

男性はそう言ってレクスに謝ろうとして、レクスの衣服に血が大量に付着している事に気付いて慌てて駆け寄る。

「だ、大丈夫か⁉」

男性はレクスのもとまでやって来ると、傷を見ようと服をめくった。レクスは驚きながらも説明する。

「だ、大丈夫です。これは僕の血じゃありませんし……」

レクスの服についていたのは、レインの血だった。レインを抱きかかえた時についたのだ。

男性はレクスの言葉にひとまず安心した。

「そ、そうか。なら良いんだが……」

男性はレクスの体に傷がない事を確認し、「ちょっといいかな?」と言ってレクスの服に手をかざす。

「『清潔（クリーン）』」

男性がそう唱えると、レクスの衣服についていた血のほとんどが取れて綺麗になった。

凄く便利なスキルだとレクスは思った。

「ありがとうございます」

レクスが頭を下げると、男性は照れたように頬を掻く。

「いや、俺はあくまで血を取っただけだ。臭いまでは取れてない。まあ、応急処置ってやつだ」

「いえ、それでもありがたいです」

レクスは再度頭を下げて礼を言った。

男性は笑顔で頷いたあと、真剣な顔つきでレクスに尋ねる。

「ところでボウズ。ここには一体なんの用件で来たんだ？」

「ああ、はい。先ほど森の中で人に襲われまして。一応撃退したので、身柄をこちらで引き取ってほしいんです」

「そうか。じゃあ――」

レクスが平然と言ってのけたので、男性はそのまま会話を続けそうになる。

だが、彼が言っている事が本当ならただ事ではない。

「……済まない。もう一度言ってくれないか」

聞き間違いがあっては困る。男性は念のためにもう一度レクスに問いかけた。

「ええと……ですから、森で人に襲われたんですが、捕まえたのでこちらで引き取ってもらえないかと」

どうやらこいつは本気で言っているらしい。

そう思った保安ギルドの男性は心の中で呟く。

（聞き間違いじゃなかったようだ。って事はあの血はその時に？　だが、ボウズはあの血が自分のものじゃないと言うし……）

混乱した男性は、とにかく事情を聞いてみない事には始まらないと考え、レクスに尋ねる。

「それなら、詳しく話を聞かせてもらえないか。まずボウズが捕らえたっていう奴らはどこにいるんだ？」

「ああ、それでしたらここに」

レクスはそう言うと、左手に持っていた袋を床に置く。

「……？」

男性は首を傾げた。

まさか、袋の中に五人もの人間が入っているとは思えない。

レクスが宵影のメンバーを思い浮かべると、袋が光った。

光が収まると、袋があった場所に宵影のメンバーが倒れていた。

「おわっ⁉」

男性は袋から五人の男女が出てきたので声を上げた。

（おいおい、本当に中に入ってたぞ……全員で三百キロは超えてる。その魔法袋、一体どれだけ入るんだ？）

男性はそう思ったが、口には出さない。

少年を襲ったのはどんな人間か。男性が改めて袋から出てきた人間の顔を見ると――

「……って、おい！　こいつら宵影じゃないか⁉」

宵影は、数々の暗殺事件を起こしている有名なパーティだ。パーティメンバーの顔が割れているにもかかわらず、今まで保安ギルドはその足取りを掴む事ができなかった。

男性が指名手配書を持ってきて、そこに書かれていた特徴と見比べると、どれもほぼ一致していた。

レクスは宵影の事を全く知らなかったので男性に尋ねる。

「ご存知なのですか？」

「ご存知も何も、こいつらは指名手配犯だ。相当逃げ足の速い連中で、なかなか捕まらなくてな」

男性はそう言うと、深く溜め息を吐いた。

「んで、ボウズ。何があったのか説明してくれるか？」

それからレクスは、経緯を大まかに話した。

「なるほど……それでここに来た、と」

「はい」

男性は一通り話を聞いて頷いた。

襲われたのも驚きだが、誰がこのような少年が宵影を捕まえると想像できただろうか。

宵影は保安ギルドでも相当手を焼いていたパーティだ。冒険者ギルドと協力して捜査を進めていたが、全く成果がなかった。

男性はひとまずレクスに声をかける。

「その、災難だったな」

「はい、一時は本当にどうなるかと」

レインも殺されかけ、本当に危ないところだった。

レクスがもう少し『回復』をかけるのが遅かったら、どうなっていた事か。

レクスはそこまで考えるとゾッとした。

「そうか……」

男性はレクスになんと言ってやればよいかわからなかった。

(まあ、宵影に襲われたんだし、ショックも大きいよな……それにしたってなんでこんな小さい子が、よりによって宵影に狙われるんだ？　暗殺者は基本、依頼があって暗殺を行うはず。今回のだって、当然誰かが依頼しているという事だ。一体誰が……？)

黙り込んでしまった男性を、レクスは不思議そうに見つめた。

「あの……？」

「ああ、すまん。まあ、事情は大体わかった。こいつらについては、あとでしかるべき処分をする」

「ありがとうございます」

レクスは律儀に礼を言った。

「礼なんかいらないよ。これが俺達の仕事だからな」

男性はそう言いながら、レクスに笑ってみせた。

男性が笑ったのは、暗い雰囲気を少しでも払拭したかったからだ。

「ああ、それと……ちょっと待ってろ」

男性はそう言うと受付の奥に消えた。しばらくすると、何やら頑丈そうなケースを持って受付に戻ってきた。

レクスは首を傾げて尋ねた。

「それは？」

「これは、こいつらにかけられた懸賞金だ。五千万セルク入ってる」

「……は？」

レクスは間抜けな声を漏らした。


「思わぬところでこんなにお金が貰えるとは……」

レクスはネスラ家に帰る道中でそう呟いた。

これで、当初の目標金額だった六百万セルクは余裕で達成だ。

「さて、このままトゥオノ商会に向かいたいのですが……」

そもそもレクスがここまでお金を貯める事に執着していたのは、奴隷になっている女の子を買うためだ。

だが、まずはネスラ家に戻らないといけない。今回の出来事を報告しなくてはならないからだ。

フィアはレクスの保護者なのだから。

それに――

「奴隷を買う事を言わないと駄目ですよね。なんなら、レインの事もこれを機に話してみましょうか」

袋の中にずっと入れておくのはかわいそうだし、何よりレクスはレインにそばにいてほしかった。

レクスはこれからフィア達に話す事を頭の中で整理しながら、ネスラ家への帰路についた。

＊＊＊

「「「「「「お帰りなさい、レクス君」」」」」」

レクスがネスラ家に戻ると、いつも通り六人のメイドが迎えてくれた。この光景にもすっかり慣れ、レクスは「ただいま」と笑顔で返した。

レクスは早速シュレムに尋ねる。

「シュレムさん、フィアさんは今どちらに？」

「フィアお嬢様でしたら、今は庭園にいらっしゃいますよ」

「なぜ庭園に？」

今の時間帯なら執務室にいると思っていた。

「普段は私達が庭園の手入れをしているのですが、時々、フィアお嬢様は自分でやりたいとおっしゃるのですよ」

「そうなんですか……」

フィアが植物の世話をする姿が浮かばなかった。

とりあえずシュレムに礼を言う。

「すみません、ありがとうございます」

レクスはシュレムと別れ、庭園へ向かった。


レクスが庭園に着くと、フィアは魔法で作物に水をあげていた。

「フィアさん！」

「おお、レクス！　お帰り！」

フィアは作業を止めて手を振る。

レクスはフィアに駆け寄り、早速話を切り出した。

「フィアさん、少しお話があるのですが……」

「ん？　話……？」

フィアは首を傾げてレクスを見る。

「はい、実は――」

レクスは、ユビネス大森林帯で宵影という暗殺者のパーティに襲われた事、その末に彼らを捕らえ、保安ギルドに引き取ってもらった事を話した。

フィアはレクスの話を聞き終えると、かなり驚いてレクスの体をあちこち触る。

「レクス、大丈夫⁉　怪我とかない⁉」

「だ、大丈夫ですよ。襲ってきた人達は倒しましたし」

レクスは、慌てるフィアに戸惑いながらそう言った。

「よ、良かったぁ……」

フィアは大きく安堵の息を吐き、レクスに抱きついた。

「本当に良かった。レクスがいなくなったら私は……」

「フ、フィアさん……苦しいです」

「ああ、ごめん。つい……」

フィアは申し訳なさそうに抱きしめていた腕の力を弱めた。そうして安心すると、今度はフィアの心の中に黒い感情が巻き起こる。

(それにしても、私の可愛いレクスを殺すように依頼したのは誰かしら？)

あとで騎士団を使って調査して、依頼を出した奴を潰そう。

フィアがそんな事を考えていると、レクスが引きつった顔でフィアを見ていた。

「フィアさん？　顔が怖いです……」

「ん？　ああ、ごめん」

表情に出てしまっていた事を反省するフィア。

フィアに若干怯えながら、レクスはさらに話す。

「それとフィアさん。あともう二つ、話したい事が……」

レクスが躊躇（ためら）いがちに言うので、フィアは首を傾げた。

「ん？　どうしたの？」

「実は、ど、奴隷を買いたいのですが……」

フィアはレクスがなんと言ったのかとっさに理解できず、口をぽかーんと開け絶句した。

ややあって、彼女はようやく我に返った。

「ど、奴隷……？」

フィアは自分の耳を疑った。

あのレクスが奴隷を買いたい……いやいや、まさかそんな事あるわけがない。

しかし――

「レ、レクス……お願い、もう一度言ってくれない？」

自分の聞き間違いだと思い、再度レクスに尋ねた。

「え、えと……ですから、奴隷を買いたいんです」

どうやら聞き間違いじゃなかったようだ。

「フィ、フィアさん!?」

フィアはそのまま気を失ったのだった。


「ん？　ここは……？」

フィアが目を覚ますと、柔らかく肌触りのいい場所にいた。

「これは私のベッド……？　じゃあ、ここは私の部屋？」

フィアはあたりを見回しながら呟いた。

さっきまで庭園で水をまいていたはずなのだが、どうしてここにいるのだろう。

「あ、フィアさん。意識が戻ったんですね。良かったぁ」

フィアが首を巡らすと、安堵の息を吐くレクスがいた。

「レ、レクス!?」

フィアはレクスが自分の部屋にいる事に驚いた。

（う、うぅ、寝顔見られた。私のだらしない寝顔を……）

フィアは悶えた。

しばらくして落ち着くと、彼女はレクスに尋ねる。

「レクス。どうしてあなたがここに？」

「ああ、それなら、僕の話の途中でフィアさんが気絶したのでここまで運んだんです。メイドさん達にも手伝ってもらいました」

（私はなんで気絶したんだっけ……ってああ！　そうだ、確かあの時、レクスが奴隷を買いたいって言ってそれで……あ、ヤバい。また気絶しそう）

先ほどの記憶がフラッシュバックし、またくらっとするフィア。

レクスは驚いて、フィアの体を支えた。

「だ、大丈夫ですか？　フィアさん」

「うん、大丈夫……」

全く大丈夫ではなかったが、フィアは虚勢を張った。

「……レクス」

「……？」

「どうして、その……奴隷を買いたいの？」

フィアは戸惑いながらレクスに問いかけた。

「……れしたんです」

レクスはボソッと呟いた。

「ん？」

レクスの声はフィアの耳に届かなかったようだ。レクスは恥ずかしさを堪えて、もう一度言った。

「ひと目惚れしたんです！」

顔を赤くするレクス。フィアは突然の告白に頭が追いつかず、疑問顔だ。

「……ひと目惚れ？」

「……はい」

レクスは少し俯きながら呟くように返事をした。

「どういう事？　その奴隷の子とは会った事があるの？」

フィアの問いかけにレクスは小さく頷いて、事の経緯を説明した。

「……レクスが村を追放されて間もない頃に、ブラックホーンウルフに襲われてた少女を助けた、と」

「はい」

フィアは色々と疑問があったが、まず相当な強さを誇るブラックホーンウルフを、レクスがどうやって倒したのかが気になった。しかし、今は関係のない事なので一日置いておく。

フィアは再度レクスに確認した。

「で、そのあと気付いた時にはその少女はいなくて、おそらく強制送還されたのだろうと。まあ、話は大体わかったよ。けど、レクス。奴隷を買うにはお金が結構かかるよ？」

持ってるの？　と問いかけるフィアにレクスは答える。

「あ、はい。それなら暗殺者達を捕獲した時に、保安ギルドから懸賞金を貰いましたから」

「ちなみにいくら？」

「五千万セルクです」

「……えええええぇぇぇぇ!?」

あまりの額にフィアは思わず叫んでしまった。

(ご、五千万セルク!?　それって私の給料十年分くらいの額なんですけど……)

頭の中でざっと計算し、驚愕するフィア。レクスはいきなり叫んだと思ったら、黙り込んでしまったフィアを心配そうに見つめている。

「フ、フィアさん……？」

「あ、いや……ごめん、少し取り乱した」

フィアは少し顔を赤くしながら言った。

「ま、まあ、それだけお金があれば大丈夫ね」

「たぶん大丈夫だと思います。あ、あともう一つだけ、話したい事が……」

「……ん？」

「今まで黙っていてすみません！」

レクスは勢いよくフィアに頭を下げた。

「え……？」

フィアはレクスの突然の行動に戸惑った。一体どういう事だろう。

「えっと、その、なんと言いますか……」

レクスはしどろもどろになりながら、レインウルフのレインを今まで隠していた事やレインと出会った経緯などを話した。

しかしレクスの予想に反して、話を聞いたフィアは合点がいったように頷いた。

「そう、やっぱりあれはレインウルフの毛だったのね」

「やっぱりって、知ってたんですか？」

レクスは驚いてフィアに尋ねた。

「いやぁ、私もたまにレクスの部屋を掃除してるんだけど、その時に毛を見つけてね。明らかにレクスのじゃなかったし」

「そうだったんですか……って、僕の部屋を掃除!?　フィアさんが!?」

レクスは、部屋の掃除はいつもメイド達がやってくれているものだとばかり思っていた。

「ふふふ。たまによ、たまに」

レクスの驚き様に口元を手で隠し、朗らかに笑うフィア。

「でも偉いよ、レクス。自分から言い出せるなんて」

フィアはそう言うと、レクスを軽く抱きしめながらその頭を撫でる。

レクスは恥ずかしそうに身をよじらせながらも抵抗はしなかった。

そのせいか、レクスを抱きしめるフィアの力がどんどん強くなっていく。

「ち、ちょっとフィアさん……！　苦しいですっ……」

そのあとシュレムが様子を見に来てフィアを引き剥がすまで、この状態が続いたのだった。

第三章　奴隷の女の子を救え

「ふう、さんざんでした……」

フィアのハグから解放されたあと、レクスはいつもの袋を持参し、トゥオノ商会の奴隷市場へ向かっていた。

お金が貯まったので、あの女の子を買いに来たのだ。

「ここですね。前に訪れた時はお金が足りませんでしたが、今なら！」

レクスがそう口にすると――

「いらっしゃい……ってあの時のガキかよ」

受付にいた筋骨隆々で色黒の男性が声をかけてきた。

男性は、お前が来るような場所じゃないんだよと、虫を追い払うような仕草をする。

レクスはそんな男性に説明した。

「今日はきちんとお金を持ってきました」

「……ほう？」

レクスの言葉に、男性は面白がるような口調で呟いた。

（はっ。こんなガキに奴隷を買えるほどの大金を用意できるわけが……）

　男性がそう思っていると――

「はい、これ。六百万セルクです」

　ドン！　と受付に置かれた札束。それを見た男性は驚愕をあらわにした。

「……は？」

　男性は「嘘だろ……」と呟きながらも確認のため、札束を一枚一枚数えた。

「確かに、六百万セルクあるな」

　たった一、二ヵ月で用意できる金額ではない。

　信じられないといった様子の男性に、レクスはおそるおそる尋ねた。

「それであの銀髪の子は……？」

　しかし、その問いに対して男性が口にした事実はレクスの予想外のものだった。

「すまねえ。そいつは一週間後に売る事が決まった」

　男性は申し訳なさそうにそう言ったのだ。

「そ、そんな!?」

　レクスは男性の言葉を聞いた瞬間、悲嘆の声を上げた。

「残念だが、こればかりはどうしようもない。諦めてくれ」

　首を横に振る男性だったが、レクスはそちらを見ていなかった。

　それほどまでにショックだったのだ。

レクスは頭の中で必死に考える。

（ここまで来て諦める？　いいえ、ここで諦めたらあの子は一生奴隷のままかもしれない……）

方法など何も思いつかないけれど、レクスは諦められなかった。

「そこをなんとか！　お願いします！」

レクスは必死に頭を下げて男性に頼み込んだ。

男性はその姿を見て、しばらく唸っていたが——

「おい、ガキんちょ。あまりおすすめはせんが……一つ、方法がある」

男性の言葉にレクスは即座に食いついた。

「その方法は⁉」

「俺が奴隷を売る予定の相手と話をつけて場を設けてやる。そこで競売みたいに双方が相手の額を上回る金額を提示していくんだ。片方がこれ以上はもう払えない、ってなればその商品はもうお前のもんってわけだ。通常よりかなり高額になると思うがな。どうだ、やるか？」

「……はい、やらせてください」

レクスが決意に満ちた眼差しでそう言うと、男性も頷いた。

「そうか。じゃあ、明日のこのくらいの時間に来てくれ。相手にもそう伝えておく」

「わかりました」

レクスは男性に礼を言って、その場をあとにした。

＊＊＊

「はぁ……明日の交渉、大丈夫でしょうか。ああは言ったものの、初めてですし」

レクスはトゥオノ商会から冒険者ギルドに向かう道中、そう呟きながら溜め息を吐いた。何せレクスは、交渉術など全く知らないのだ。不安にもなるだろう。

「まあ、そんな事考えたって仕方ないですよね」

レクスは気を取り直してしばらく歩き、冒険者ギルドに到着した。

ただ、今日の目的は依頼ではない。レインを街で連れて歩きたいとフィアに相談したところ、「それなら従魔登録をしないとね」と言われたので、その手続きをしに来たのだ。

レクスは冒険者で溢れかえるギルドの隙間を縫うように受付へと進み、列に並ぶ。十五分ほどでレクスの番になった。

「すみません、従魔登録をしたいのですが」

「従魔登録ですね。それではそちらに」

受付嬢がそう言って指し示したのは掲示板の左側にあるドア。レクスは受付嬢に、その部屋に案内された。

「おお……」

レクスは部屋に入った瞬間、感嘆の声を漏らした。

そこは闘技場のようだった。観客席に囲まれた中央には、剣と盾をモチーフにした冒険者ギルドのマークが浮かび上がっている。

レクスはドアの先にこれほどの空間があるとは思いもしなかった。

「ここは普段、昇級試験や講習を行う際に使われています」

レクスはここに来るのが初めてだったので、受付嬢が説明してくれた。

「昇級試験？　それに講習って……」

レクスが質問すると、受付嬢は嫌な顔一つせず丁寧に答えた。

「まず、昇級試験とはCランク以上の冒険者が行う試験の事です。Cランクまでは規定のポイントを獲得すればランクは上がりますが、そこから先のランクは試験に合格しなければ上がりません」

「どうしてCランクから昇級試験をするのでしょうか？　全部ポイント制にしてもよさそうですが……」

「そうですね……例えば冒険者達でパーティを組みます。パーティで一つの依頼を達成すれば、ポイントはパーティメンバー全員が貰えます」

レクスは受付嬢がそこまで言った瞬間、気付いた。

「つまり、個々人の実力が伴わなくても、パーティが強ければ自動的にランクが上がってしまうという事ですか？」

レクスがそう言うと、受付嬢はニッコリと微笑んだ。

「その通りです。そういった事を防ぐためにも昇級試験が行われるのです」

ここまではわかりましたか？　という受付嬢の言葉にレクスは頷いた。

「次に講習ですが、こちらは主に初心者の冒険者を対象に週に二度、定期的に行われています。冒険者の心得や簡単な技術を教えてくれます。しかも無料です」

無料という言葉に心惹かれるレクス。今度機会があれば受けてみようと決めた。

「親切に説明していただいてありがとうございます」

「いえいえ、これも私達の仕事ですから」

今後わからない事があれば遠慮なく聞いてください、と笑顔で受付嬢は言った。そして本題に入る。

「さあ、疑問も解消できたところで、従魔登録を始めましょうか！」

受付嬢の言葉に、レクスは頷く。

「では、早速従魔登録を行いますので、従魔を『召喚』してください」

いきなり聞きなれない単語を口にした受付嬢に、レクスは首を傾げた。

「……すみません、『召喚』というのは？」

すると受付嬢は驚いたような表情になった。

「あなた、『召喚』を知らないの？　『召喚』は従魔師（テイマー）の基本スキルよ？」

しかし、レクスはまたも申し訳なさそうに呟いた。

「あ、あの、従魔師とはなんでしょうか？」

「あなた……従魔師じゃないの？」

レクスは受付嬢にそう問われ、首を横に振った。

「……では、あなたの言う従魔はどこに？」

「それでしたらこちらに」

レクスはそう言うと、右手に持っていた袋を地面に置いた。すると――

「グルゥ！」

袋の中からレインが出てきた。

「えぇ!?」

驚愕の声を上げた受付嬢は、一瞬パニックになる。

(嘘……魔法袋からあんな大きな魔物が……どれだけ容量あるのよ。っていうか、あの魔物はレインウルフじゃない！　従魔師でもないこの子がこんなに強い魔物をどうやって……)

次々と湧いてくる疑問に混乱する受付嬢。レクスは彼女の様子を訝しげに見つめた。

「あの……？」

「ああ、ごめんなさい」

受付嬢はわざとらしく咳払いして場を仕切り直した。

「では、従魔登録を行いますので……っと、すみません。用紙を忘れてきてしまったので取ってきます」

受付嬢は少し待っててください、と言い残し、一旦闘技場を去っていった。

「お待たせしてしまい、すみません」

受付嬢は小走りで、レクスのところに戻ってきた。その手には従魔登録の用紙と羽ペンが握られている。

「いえいえ、大丈夫です」

レクスは受付嬢の言葉に笑みを浮かべながら応えた。

受付嬢は少し深呼吸をして息を整えてから切り出した。

「では改めて、従魔登録を始めたいと思います」

「はい、よろしくお願いします」

「それではまず、その魔物の名前を教えてください」

「レインです」

「レインっと……」

受付嬢はそう呟きながら、用紙に羽ペンを走らせる。

「次に、あなたの名前を教えてください」

受付嬢は続けて尋ねた。

「レクスです」

「レクスですね……それでは、次に――」

レクスは続く質問にもすらすらと答えていき、十五分ほどで全て答え終えた。

用紙の記入もあらかた終わり、受付へと戻ってきたレクスは、登録をしてくれた受付嬢の案内に従って最後の手続きを済ませた。

「はい、こちらが従魔用のギルドカードとなります。なくさないようにしてくださいね」

そう言ってギルドカードをレクスに渡す受付嬢。レクスはそれと引き換えに登録料の五千セルクを支払った。

「はい。確かに、五千セルク受け取りました」

受付嬢はニッコリと微笑んだ。

レクスは会釈して、冒険者ギルドをあとにした。

＊＊＊

「ただいまー」

「「「お帰りなさい、レクス君」」」

いつも通り六人……ではなく、三人のメイド達がレクスを迎えた。

レクスはメイド長のシュレムに質問を向ける。

「シュレムさん、他のメイドさん達は？」

「他の者達は買い出しに出ていますよ」

「あっ、そうだったんですね」

レクスが納得していると、シュレムが尋ねてきた。

「それはそうと、レクス君。無事に奴隷は買えたのですか？」

「あれ……？　僕、まだシュレムさんにその事言ってなかったと思うんですけど……」

レクスはそう言って不思議そうな顔をする。

シュレムや他のメイド達はレクスを見てニヤニヤしていた。

シュレムがレクスに種明かしする。

「フィアお嬢様から聞きました」

「そ、そうですか……」

「それでレクス君、奴隷の方は……？」

シュレムの再度の問いかけに、レクスは気を取り直して答える。

「あ、ああ、奴隷は買えませんでした」

レクスが目を伏せて悲しげにするので、ニヤニヤしていたメイド達は驚いたような表情になった。

「……そうですか」

シュレムが余計な事は言わずにただ頷くと、レクスは付け加えるように言う。

「……はい、相手方と交渉という事になりまして」

「交渉？」

疑問の声を上げるシュレム。

それからレクスはシュレムを始めとしたメイド達に、交渉に至った経緯を説明した。

一通り聞き終えると、シュレムはおそるおそるレクスに尋ねる。

「レクス君。こう言っちゃなんですが……その、お金は持ってます？」

シュレムは奴隷の事は聞いていても、お金の出所については知らなかった。

特に隠す事でもないので、レクスは話す。

「あ、はい。お金なら一応、暗殺者を捕らえた報酬で五千万セルク貰いましたので」

「そうですか……五千万セルク……って、五千万セルクゥ⁉」

シュレムは驚きの声を上げる。さらに彼女は慌てて尋ねる。

「レ、レクス君。まさかとは思いますが、暗殺者に襲われたのですか？」

レクスがシュレムの勢いに戸惑いながらも、「は、はい」と答えると——

「だ、大丈夫ですか、レクス君⁉」

シュレムは大慌てでレクスの体のあちこちを触り始めた。他のメイド達も心配そうな表情をする。

「お、落ち着いてください！」

レクスはなんとかシュレム達を宥める。

レクスの体に傷がない事を確認したメイド達は、ホッと安堵の息を吐いた。

レクスはシュレムに質問を向ける。

「それであの、フィアさんは今どちらに？」

「フィアお嬢様でしたら、レクス君が出掛けたあとに『ちょっと騎士団の本部に行ってくる』と言って屋敷を出ていかれました」

「そうですか」

それなら夕食の時に交渉の事を伝えようと考え、レクスはひとまず自室へと戻った。

＊＊＊

ここはディベルティメント騎士団本部の副団長室。

「副団長。本日の見回り、滞りなく終わりました」

「そうか。ご苦労様、クレイグ小隊長」

ディベルティメント騎士団副団長——ロードリック・エリントは報告した小隊長のクレイグに労いの言葉をかけた。

「異常はなかったか？」

「はっ。特にありませんでした」

クレイグは背筋を真っすぐ伸ばして告げた。

ロードリックは頷く。

「そうか。わかった」

「では、自分はこれで」

クレイグはロードリックに一礼すると、副団長室をあとにした。

ロードリックは自分の机に突っ伏し、深々と溜め息を吐いた。

「はぁ、疲れた……」

書類整理やら、今日の報告書のまとめやら、部下からの報告やら……副団長は今日も多忙だ。

「さて、仕事も終わったし、そろそろ――」

ロードリックが仕事を終えようとしたその時、威勢のいい声と共に副団長室のドアが勢いよく開かれた。

「ロードリック！　ちょっといい？」

「は、はい!?　なんでしょうか、団長！」

そこにいたのは、ディベルティメント騎士団団長のフィアだ。ロードリックはすぐさま椅子から立って、姿勢を正した。

急いで走ってきたのか、フィアは息を切らしていた。

「はあ、はあ……今から小隊長達を集めてくれない？　緊急会議よ！」

「わ、わかりました！」

団長がこんなにも焦っているとはよほどの事があったのだろう。

そう思ったロードリックは足早に副団長室を出て、小隊長達を会議室へと呼び集めるのだった。

「皆、集まった？　じゃあ、会議を始めるよ」

フィアは、ロの字に並ぶテーブルに小隊長十五人が全員着いたのを確認して切り出した。小隊長達は一体何があったのだろう？　とざわついている。

「実は今日、一人の少年がユビネス大森林帯で宵影というパーティに襲われたの」

フィアがそう言うと、小隊長達は一層ざわつく。

副団長のロードリックはフィアの話を聞いて眉間にしわを寄せ、険しい表情を浮かべた。

フィアはさらに、その少年が宵影のメンバーを捕らえた事を話した。ロードリックや小隊長達は心底驚く。

「この事件の裏には、少年の暗殺を依頼した人物がいるはず。そいつを捕らえて、依頼を受けた組織ごと潰す」

いつになく力がこもった様子で語るフィア。それで、ロードリックや小隊長達はその襲われた少年が誰なのか察した。

——レクスという少年の事だ。

フィアはレクスをネスラ家に迎えた頃、レクスの事を騎士団の面々に自慢していた。レクスは凄く可愛いんだから！　と。

フィアはさらに話を続ける。

「そのために、皆には組織の拠点の捜索と、その依頼をした人物を突き止めてほしいの」

フィアは「早速明日から取りかかるからよろしく」と話を締めくくった。

＊＊＊

フィアが騎士団本部から戻り、夕食の席につく。

レクスはフィアに今日あった出来事を報告した。

「……そう、目的の奴隷は買えなかったんだ」

「はい、それで明日、交渉をする事になりまして」

「……交渉？」

フィアはビッグボアの肉を頬張りつつ、疑問の声を上げる。ビッグボアの肉は、バッファーの肉とはまた違った食感で噛みごたえがあった。噛むと中の肉汁が溢れ出てくる。

レクスも同じ肉を味わいながら説明する。

「ええと、その交渉というのは――」

レクスは、シュレムにしたのと同じ話をフィアにする。

「要するに競売みたいなものね」

フィアは納得したように頷いてから、もう一つ質問した。

「それで、それはいつやるの？」

「明日の夕方くらいに、トゥオノ商会の奴隷市場で行われます」

レクスはスープを飲みながら答えた。

フィアはしばらく考え込む。

（明日ね……どうしようかな。騎士団もあるし）

そこで一旦思考を切ると、フィアはレクスに尋ねる。

「レクス。交渉術ってわかる？」

レクスは首を横に振った。

「交渉術、ですか？　いえ、わからないです」

「じゃあ、私が教えてあげる」

「ほ、本当ですか⁉」

レクスが驚きと嬉しさが混じったような声音でそう言うと、フィアは笑顔で頷く。

「ええ」

「ありがとうございます！」

レクスは椅子に座ったまま、嬉しさのあまり勢いよく頭を下げたのだが――

ゴツン！

「痛っ⁉」

テーブルに頭をぶつけてしまった。

「だ、大丈夫⁉」

フィアが立ち上がり、心配そうにレクスに声をかけた。

「レクス君、ちょっと見せてください」

フィアに続いて即座に駆け寄ってきたシュレムが、レクスの額を見る。ぶつけた部分は少し赤くなっていたが、特に怪我はしていなかった。

「レナ、お願い」

シュレムがそう言うと、空色のショートカットに若緑色の瞳を持ったメイドがやって来る。

「任せて……彼の者を癒せ……『治癒』」

レナはレクスの額に手を当てて唱えた。すると、小さな緑色の魔法陣が出現し、そこから柔らかな光がレクスの額に向かっていく。しばらくして、レクスの額の痛みは完全に引いた。

「あ、ありがとうございます。すみません、こんな事に魔法を使わせてしまって」

レクスは、レナに頭を下げた。

「いえ……レクス君のためですから……」

レナは聞こえるか聞こえないかくらいの声でそう言って微笑んだ。

フィアがレクスに尋ねる。

「レクス、大丈夫？」

「あ、はい。お騒がせしてしまってすみません」

レクスは申し訳なさそうに肩を落とした。

「全くレクスったら……」

フィアは溜め息を吐き、頬を少し膨らませながら注意する。

「次からは気をつけなよ？」

「はい……」

レクスは反省した。

こうして、騒がしい夕食の時間は過ぎていくのだった。

「レクス、いい？　交渉っていうのは、相手に付け入る隙を与えてはいけないの。どうしてかわかる？」

夕食後、レクスはフィアの部屋で交渉術の手解きを受けていた。

レクスはしばらく考えてみたものの、フィアの質問に対する答えが浮かんでこず、首を横に振った。

「いえ、わかりません」

フィアは丁寧に説明する。

「付け入る隙を与えたら、相手に余裕が生まれるの。余裕が生まれれば、攻め込まれる。交渉はいわば戦争のようなものね」

戦争、という言葉に、レクスはごくりと息を呑んだ。

「さて、ここでレクスに質問。付け入る隙を与えないためにはどうすればいい？　制限時間は十秒」

レクスは唸りながらしばらく考え込む。

(付け入る隙を与えないためには、ですか……高度な話術？　上手い駆け引き？　強固な意思？

うーん、わかりませんね……)

「……三、二、一、ゼロ。ブッブー。時間切れね」

フィアは指でバッテンを作りながらそう言った。

レクスは少し悔しそうな表情でフィアに尋ねる。

「正解は？」

「正解はポーカーフェイスよ」

「ポーカーフェイス？」

レクスは首を傾げた。

フィアは指を振って解説する。

「そう、ポーカーフェイス。要は、動揺したりした時にそれを表情に出さないようにするの」

なるほど、と頷くレクス。

確かに表情に出てしまえば、こちらの意図を悟られる可能性がある。そうなると、相手に有利に交渉を進められてしまう。それを防ぐためにも、レクスはぜひともポーカーフェイスを習得しておきたいと思った。

フィアはさらに言葉を継ぐ。

「でも、ポーカーフェイスができたからと言って、交渉に勝てるわけではないよ。相手のサインを見逃さない事。これも交渉においては重要なポイントになるの」

「サイン？」

レクスはなんの事かわからず、再び首を傾げた。

「サインっていうのはね……ほら、考え事をする時に無意識に頭を掻いたりする人がいるでしょう？　そういうのよ」

レクスはフィアが挙げた例で、なんとなく理解した。

フィアは先を続ける。

「まあ、とりあえずサインの事はあとで詳しく説明するとして。交渉の際に、相手の仕草をよく観察して、相手の意図を看破する。そうする事で自分に有利に交渉を進められるのよ」

レクスは頭の中で情報を整理した。

(相手に自分の考えを悟られず、なおかつ相手の意図を看破する、ですか。交渉がそんなに難しいものだったとは……)

しばらく考え込んでいると、フィアから声をかけられる。

「おーい、レクス?」

「……わっ!? す、すみません」

どうやら結構時間が経っていたようだ。フィアが尋ねてくる。

「交渉についての説明は終わりだけど、質問はない?」

「はい、特にありません」

「そう。じゃあ、今度はサインについて教えるよ。ちょっと難しいけど、どうしても交渉に勝ちたいなら絶対に覚えて。いいね?」

フィアは少し熱が入った声で言った。その言葉にレクスはごくりと息を呑んだ。

それからしばらくの間、レクスはフィアの話を熱心に聞き、明日の交渉に備えるのだった。

＊＊＊

翌日——

日もそろそろ沈む頃、レクスは交渉のためトゥオノ商会に向かっていた。

レクスは昨日、一通りフィアに交渉術を教えてもらったが、全てを覚えるのにだいぶ時間を要した。特に大変だったのが、相手のサインを見破る練習。いかんせんサインの種類が多く、全て覚えきった時には深夜を回っていた。

その疲れもあり、起きた時にはすでに昼になっていた。

(はぁ、今日の交渉、大丈夫でしょうか？　正直、自信がありません)

レクスはそう思いながら溜め息を吐いた。

(ですが、この勝負、負けるわけにはいきません。たとえ相手が誰であろうと必ず勝ってみせます！)

レクスは胸に手のひらを当て、深呼吸すると、決意のこもった眼差しをトゥオノ商会の奴隷市場へ向けた。

「よお、ちゃんと来たみてぇだな。ガキんちょ」

レクスがトゥオノ商会の奴隷市場に着くと、受付に立つ筋骨隆々で日焼けした男性が腕を組みながら声をかけてきた。

「相手の方は？」

レクスが質問すると、男性は首を横に振った。

「いや、まだ来てない。おい、ガキんちょ。ここで立ち話もなんだし、ちょっと来い」

男性はそう言って、レクスを室内に案内した。

「ここだ」

レクスが連れてこられたのは、長方形のテーブルと椅子が備えつけられた部屋だ。

「ここで座って待ってろ。相手が来たら呼んでやるから」

男性はそう言い残して、部屋を出ていった。

レクスは適当な椅子に腰かけ、ふぅと息を吐く。胸に手を当てると、心臓の鼓動が速くなっているのがわかった。

「ついにこの日が来ましたね。あの時の僕じゃ想像もつきませんでしたよ」

レクスは少女と出会った頃を思い出して苦笑する。

そもそも、六百万セルク以上のお金を集められた事自体、奇跡に近い。集め始めた当初は、いつになったら貯まるのかわからないほどに一日の稼ぎは少なかった。それが、暗殺者達を捕まえた事で、五千万セルクもの大金を手に入れ、ここまで来る事ができた。あとは交渉次第である。

「ふぅ……」

レクスは、自分を落ち着かせるために再度深呼吸する。しかし、それに反して鼓動は速くなるばかり。やはり緊張は収まらない。

レクスがそわそわしながらしばらく待っていると、部屋の外から足音が聞こえてきた。どうやら男性が呼びに来たようだ。

「おい、ガキんちょ！　相手が来たぞ！」

扉を開けて男性が声をかけると、レクスは椅子から立ち上がった。

（どこまでできるかわかりませんが、やれる事をしましょう！）

レクスはそう決心して、男性と共に交渉の場へ向かった。


レクス達が奴隷売り場の一角に着くと、そこにはさっきの部屋と同じように長方形のテーブルと椅子が設置されていた。

「お待たせしてしまってすみません」

先にテーブル席についていた男に、奴隷商の男性が頭を下げる。

その男は、これでもかというくらいに太っていた。二重顎で癖のある金髪。体中汗まみれで、鼻息が荒い。

男の横には白髪をオールバックでまとめた初老の男性が控えていた。どちらも身なりがきちんとしているので貴族なのだろうとレクスは思った。

太った男が口を開く。

「いやいや〜、構わないさ。ところで、この私に面倒な手間をかけさせたのは、そこにいるガキかね？」

「ええ、こちらが今回の交渉相手となります」

奴隷商の男性がそう答えると、太った男は心底馬鹿にしたようにレクスを見下し、嘲笑った。

「クックック……そうか、そうか」

レクスはかなりイラッとしたが、歯を食い縛り、グッと耐える。

太った男はしばらくレクスを見つめていたものの、やがて興味を失ったように目を逸らす。

「まあいい。とっとと始めろ。時間の無駄だしな」

太った男の言葉に奴隷商の男性は頷いた。そして、太った男の向かい側の席に座るよう、レクスを促す。奴隷商の男性は両者の中間に椅子を置いて座り、話を切り出した。

「では、今回の交渉を始めさせていただきたいと思います。交渉立会人は私バートンが務めさせていただきます」

奴隷商の男性――バートンは自己紹介をして、軽く一礼した。

「それではまず、両者氏名を名乗ってください」

「レクスです」

レクスが名乗ると、太った男も同様に名前を口にした。

「セドリック・ユルゲンだ」

太った男――セドリックはフンと鼻息を鳴らした。

「では、これよりレクス殿とセドリック伯爵の交渉に移らせていただきます」

バートンの言葉にレクスは納得したように頷いた。

(伯爵……やはり貴族でしたか)

男の身なりからして予想はしていたが、これはかなり厳しい戦いになりそうだと、レクスは考えた。

まずバートンがセドリックに金額の提示を求める。

「ではまず、セドリック伯爵。いかほどで？」

「二千万セルクだ」

セドリックはレクスの方を見て、馬鹿にしたような笑みを浮かべた。レクスはセドリックが、これ以上は払えまい、諦めろ、と言っているような気がした。

「では次にレクス殿。いかほどで？」

「二千三百万セルクで」

金額を少し吊り上げたレクスは、セドリックの仕草を観察する。今のところ、特に変化はない。

フィアの教えによれば、これはまだ余裕があるという事だ。

「なるほど。セドリック伯爵、上乗せいたしますか？」

バートンの問いかけに、セドリックは余裕の笑みを浮かべた。

「二千五百万セルク」

「ふむ……では、レクス殿。上乗せしますか？」

レクスはセドリックの提示した金額に、少し考え込んでいた。

（うーん、ここら辺の金額は余裕みたいですね。もう少し吊り上げてみましょうか……）

そしてレクスは口を開いた。

「三千二百万セルクで」

レクスは注意深くセドリックの仕草を観察する。どんなに小さな事でも見逃さない、とでも言わんばかりに。しかし、ここでもセドリックに動揺は見られなかった。

バートンがセドリックに尋ねる。

「セドリック伯爵、上乗せしますか？」

「ああ。三千四百万セルクだ」

腕と足を組みながら、セドリックは答えた。いかにもこの勝負が退屈といった感じだ。相変わらずレクスを見下すような態度は変わらない。

「レクス殿。上乗せしますか？」

バートンの問いかけに再び考え込むレクス。

この金額でもまだ余裕があるなら、ちまちま上乗せしてもあまり意味がない。

それなら――

「――四千七百万セルク」

レクスは金額を大きく上乗せし、セドリックの様子を窺った。

「――⁉」

すると、セドリックがわずかに唇を噛み、首筋を掻いた。動揺を隠し切れず、自然に出てしまったようだ。そろそろ金額的にも限界が近づいているのかもしれない。

「セドリック伯爵。上乗せしますか？」

バートンが質問を向けると、セドリックは先ほどの余裕な笑みではなく、ややしどろもどろになりながら答えた。

「よ、四千七百五十万セルクだ」

明らかに上乗せしてくる額が下がった。レクスはあと少しで押し切れると確信した。

「それでは、四千九百万セルクで」

レクスがバートンの仕切りを待たずに金額を上乗せすると、セドリックは唸った。

「ぐっ……うぐぐ……！」

バートンはそんなセドリックに、金額の提示を求める。

「セドリック伯爵、上乗せしますか？」

しかしセドリックは即答せず、少しの間考え込んだ。

そして──

「じ、じゃあ五千五百万セル──」

「セドリック様。もうその辺でお止めください」

金額を言い終える前に、横に控えていた執事らしき初老の男性がセドリックを咎めた。セドリックは声を荒らげて言う。

「な、なぜだっ！　我が伯爵家の資産を少し削れば──」

「なりません！」

セドリックの言葉に被せるように、初老の男性は強い口調で言った。

「我が伯爵家は、民が納める税金のおかげで成り立っています。それを無計画に使うなどあってはならないのです！」

初老の男性は怒りをあらわにした。

急な展開に、レクスもバートンもぽかんとしている。

初老の男性はなおも続ける。

「第一、支出を削るような余裕だってありませんよ！　今でさえ、なんとかやりくりしているのですから！」

セドリックは思わず顔を歪めた。

「ぐっ……！　し、執事の癖に私に口出しをするな！　あ、あとでお前をクビにしてやるからな！」

「いいえ、口出しさせてもらいます。これは大旦那様からのご命令ですから」

初老の男性の言葉に、セドリックは驚きを隠せない。

「くっ……！」

大旦那、つまりセドリックの父で前ユルゲン伯爵家当主の意向は、セドリックといえど無視できないらしく、悔しそうに呻き声を上げた。

セドリックが黙り込むと、執事の男性はレクス達の方に向き直る。

「……すみません、お見苦しいところを。交渉につきましては、これ以上金額の上乗せはできません。こちらの負けです。私共はこれで失礼させていただきます」

執事の男性は、律儀にレクスとバートンに一礼した。そして、いつまでもその場を動かないセドリックを引きずりながら去っていった。

(あの執事さん、思ったよりも力持ちなんですね)

レクスは、執事の男性が自分よりはるかに重いであろうセドリックを軽々と引きずっていく姿を見てそう思った。

「で、ガキんちょ。交渉はお前の勝ちだが……」

突然の出来事に呆然としていたレクスだったが、バートンの言葉で我に返った。

「あっ、そういえば……僕が勝ったんですよね」

バートンが頷く。

レクスの胸中は喜びで溢れた。交渉術を教えてくれたフィアに対しても、感謝の気持ちでいっぱいだった。

レクスが感慨に浸っていると——

「——よくやった!」

バートンがレクスの背中をバンバン叩いた。レクスは突然の事に驚く。

「……へ?」

バートンは別にレクスの味方ではなかったはずだが——

「いやー、あの伯爵、ほんといけ好かねえ野郎でよ。どうにか一泡吹かせてやりてえと思ってたんだよ」

まあ、実際にそんな事ができるほど肝っ玉が据わっちゃいなかったんだけどな、とバートンは快活に笑いながら言った。

「まあ、とにかくガキんちょ、お前のおかげでスッキリしたよ」

「何がなんだかよくわかりませんが……役に立てたのなら良かったです」

レクスは事情はよくわからなかったが、とりあえずはにかみながら応えた。

バートンもうんうんと頷いた。

「ところでガキんちょ。今金は持ってるか？　持ってるんなら、今この場で奴隷と交換するが……」

「ああ、それでしたらこちらに」

レクスは自分のそばに置いておいた袋をテーブルに載せ、バートンに見せた。しばらくすると、魔法袋から淡い光が放たれ——

「お、おわあぁぁぁぁ!?」

四千九百万セルクがテーブルの上に出現した。

「なんだ、こりゃ……」

驚きで固まってしまったバートン。

「……っと、少し待ってろ」

すぐに我に返ったバートンはレクスにそう言うと、一旦部屋を出ていった。

しばらくしてバートンは件(くだん)の少女を連れてきた。

「首輪の鍵は……」

バートンはそう口にしつつ鍵束から首輪の鍵を取り出すと、少女の首輪を外して声をかける。

「ほら。あいつが今日からお前のご主人様になる奴だ」

「……ご主人様？」

「そうだ」

レクスは少女の前に進み出て名乗った。

「ぼ、僕はレクスと申します。ご主人様は柄ではないので……で、できればレクスと呼んでほしいです」

途中、緊張のあまりつっかえてしまい、表情もガチガチだった。

少女はレクスの顔を真っすぐ見ていた。

「……レクス？」

「はい、できればそう呼んでください」

レクスは顔を赤くしながら頷いた。

その少女は大事そうにレクスの名前を何回も呟いた。透き通るような声で名前を呼ばれ、レクスの顔はどんどん赤くなっていく。

「……レクス。レクス……？　レクス……！」

バートンはそんな二人を見て快活に笑い、レクスの背中をバシバシ叩いた。

「がっはっは！　奴隷を自分と対等な立場に置くとはな！　ますます気に入ったぞ！」

奴隷に名前を呼ばせるのは対等な立場と見なす行為らしいと知って、レクスは当惑してしまう。

それにしても――

（痛いです、痛いですよ、バートンさん！）

レクスは背中を強く叩かれながら苦笑いを浮かべた。

少女の名前をまだ聞いていない事に気付いたレクスは、彼女に質問を向ける。

「それで、あ、あなたの名前は？」

少女は俯いて、ぼそっと呟く。

「……ない」

「え？」

レクスは少女の返答の意味がわからず、首を傾げる。

レクスの疑問にバートンが答えた。

「こいつには名前がないんだよ。奴隷だからな」

「奴隷には名前がない……」

「ああ、そうだ。ちょうどいいし、お前がつけてやれ、ガキんちょ。名前がないんじゃ呼びづらいだろう？」

バートンはレクスに言った。

レクスはしばらく考える。

「そうですね……うーん……」

（サラサラで透き通るような銀色の髪……あっ、そうだ！）

レクスは顔を上げると、少女の方を見て言う。

「エレナ、なんていうのはどうでしょう？」

エレナには〝光〟という意味がある。

少女はレクスにとって、生きる目標となり、希望となり、そして彼を導く一筋の光となってくれた。そんな意味を込めて、エレナという名前を考えたのだ。

「エレナ、か。ガキんちょ、センスのある名前じゃねえか」

バートンはふっと微笑んだ。

当の少女はレクスがくれた名前を静かに呟いていた。

「エレナ……？」

「はい、今日からあなたはエレナです」

レクスがそう言うと、少女――エレナは自分の名前を大事そうに何度も口にした。

「そ、それじゃ、行きましょうかっ」

レクスはエレナの手を引いて奴隷市場を出る。外は日がすっかり落ち、暗くなりつつあった。

バートンは外まで見送ってくれた。

「じゃあな、ガキんちょ！　気をつけて帰れよ！」

バートンはレクス達に向かって手を振った。

レクスはバートンに手を振り返して、トゥオノ商会をあとにした。

「それじゃ、戻るとしましょうかね」

「戻る……？　どこに？」

エレナは疑問の声を上げた。

「ネスラ家の屋敷ですよ。今日からあなたの家にもなる場所です」

そうしてレクスは、エレナと手を繋いで、ネスラ家への帰路についた。

＊＊＊

「ここがネスラ家ですよ」

レクスとエレナの目の前には、白を基調とし、所々に装飾が施された豪邸が聳え立っている。

「ここが……」

エレナがネスラ家の屋敷を見上げて呟く。表情にはあまり出ていないが、たぶん驚いているのだろうと、レクスは思った。

レクスはエレナの手を引き、屋敷の中に入る。

「ただいまー」

「「「「「「お帰りなさい、レクス君」」」」」」

屋敷に入ると、六人のメイド達がレクス達を迎えた。

「……!?」

エレナは突如現れたメイド達に驚き、レクスの後ろにサッと隠れた。

レクスは心の中でエレナに同情する。

(わかりますよ、よくわかります。僕も最初、この出迎えには驚きましたからね)

レクスはエレナに声をかける。

「エレナ、大丈夫ですよ。怖くありませんから」

しかしエレナは後ろに隠れたまま出てこようとしない。レクスの服の端をキュッと摘まんでいる。

「ほら」

レクスは優しげな声音でそう言い、エレナに右手を差し出す。エレナはその手を握ると、ギュッと力を込めた。そして、前に進み出てレクスの横に並ぶ。

すると、メイドの中からシュレムが一歩前に出た。

「レクス君、その子が例の？」

「はい、そうです」

シュレムの問いかけにレクスは頷いた。

「そう、この子が……」

シュレムはじっとエレナを見る。エレナはどうすればいいのかわからず、オドオドしていた。

「シュレムさん、その辺にしてあげてください」

困っているエレナを見かねて、レクスが苦笑混じりに言った。

シュレムは笑いながら謝る。

「すみません、つい……レクス君、頑張ってくださいね。ひと目惚れしたんでしょう？」

レクスの顔は一気に赤く染まった。

「にゃ、にゃにを言ってるんですか⁉」

羞恥のあまり噛んでしまったレクスは、さらに顔を赤くする。それを見たシュレムは微笑ましそうにした。

レクスはわざとらしく咳払いして、話題を変える。

「そ、それで、シュレムさん。フィアさんは今どちらに？」

「フィアお嬢様でしたら、今は自室におられますよ」

「そうですか。ありがとうございます」

レクスは礼を言うと、そのままエレナを連れてフィアの自室に向かった。シュレムを含めたメイド達は、そんなレクス達を笑顔で見送ったのだった。

＊＊＊

レクスはフィアの部屋のドアをコンコンとノックした。

「入っていいよー」

中からフィアの声が返ってきた。

承諾を得たレクスはドアを開け、部屋に入った。

「ああ、レクスか。交渉は……大丈夫だったみたいだね」

フィアはレクスと手を繋いでいる隣の少女を見て、安堵の息を吐いた。

「はい、おかげさまで。助かりました」

レクスはペコリと頭を下げた。フィアから交渉術を教わったおかげで交渉に勝つ事ができたのだ。彼女には感謝しかない。

「ふふふ。そんな大層な事はしてないけどね」

フィアは柔和な笑みを浮かべる。

そして、思い出したようにレクスに尋ねた。

「それでレクス。その子の名前はもう決めたの？」

「はい、エレナと」

「エレナ……か。良い名前ね」

フィアはそう言って微笑んだ。

「じゃあ、エレナ。一回お風呂に入ってきたらどう？　スッキリするわよ？」

フィアの言葉に、レクスはエレナの体に視線を向ける。服には泥や汚れが付着しており、お世辞にも綺麗とは言えない状態だった。

エレナは呟くように尋ねる。

「いいの？　私なんかが……」

「もちろん。あなたはもう、ネスラ家の立派な一員なんだから」

その瞬間、エレナの目に涙が浮かんだ。

「ど、どうしたのですか、エレナ⁉」

慌てふためくレクスだったが、エレナは首を横に振った。

「ううん、なんだか嬉しくて……」

レクスはエレナの言葉を聞き、安堵の息を吐く。

同時に彼女のこれまでの境遇を想像して、悲しい気持ちにもなった。

「それじゃあ、エレナ。風呂に入ってきましょう。僕が案内しますから」

レクスが笑いかけると、エレナは——

「レクス、一緒に入ってほしい……」

レクスはエレナが何を言っているのか理解できず、少しの間、固まってしまったのだった。


「加減はどうですか？」

レクスはボディタオルでエレナの背中を洗いながら尋ねた。

表向きは平静を保っているが、内心はかつてないほどにドキドキしている。好きな女の子の背中を洗っているのだ。無理もない。

「んっ……ちょうど良い……」

エレナは気持ち良さそうに答えた。

（なんで僕がこんな事に？）

時を少し遡ってフィアの部屋――

「レクス、一緒に入ってほしい……」

「……一緒に？」

「……うん」

レクスは一瞬聞き間違いかと思い、再度問い直した。しかし、エレナの答えは変わらない。

レクスが黙ってしまうと、エレナは悲しそうにレクスの顔を覗き込んだ。

「……駄目？」

「ぼ、僕は男ですよ？　わかってますよね？」

「うん、知ってる……でも、レクスと一緒だと凄く安心するの」

レクスが思っている以上にエレナの意思は固かった。その証拠に、彼の手を握る力が段々強くなっている。

戸惑うレクスに、フィアが追い打ちをかけた。

「レクス、良いじゃない。一緒に入ってあげれば」

「い、いやっ、しかしですね……」

「ねえ、エレナ。エレナはレクスと一緒じゃないとお風呂に入りたくないんだよね？」

フィアはレクスが何か言う前に、エレナに話を向けた。

「……うん」

エレナは静かに頷き、答えた。

「じゃあ、決まりね！　とっとと入ってきちゃいなさい！」

フィアがパチンと指を鳴らすと、どこからともなくメイド達が現れた。

「レクスとエレナを大浴場へ連れていってもらえる？」

フィアに頼まれたメイド達は、エレナとレクスを強引に大浴場へ連れていったのだった。


そして、今に至るわけである。

「ふぅ、背中は洗い終わりました。さすがに前は自分で洗ってくださいね！」

レクスはエレナの泡だらけの背中を桶に入ったお湯で流した。それからボディタオルを渡す。

「ぶー……」

エレナは頬を膨らませて不満をあらわにしていたが、レクスの強固な意思を感じ取り、渋々自分で洗い始めた。

レクスはその様子を後ろから見て、安堵の息を吐いた。

「さて、僕もそろそろ体を洗いましょうかね」

そう呟くと、レクスはエレナの隣の椅子に腰かけた。

レクスは自分の首にかけていたもう一枚のボディタオルを取り、近くにあった石鹸を使って泡立てる。

しばらくして全身を洗い終わると、泡をお湯で洗い流し、湯舟に入った。

「ふぅ……毎回入っても飽きませんね、この風呂は」

レクスを包むような湯の温かさは、今日一日の疲れを癒してくれる。レクスは壁に身を預け、脱力した。

「んっ……よいしょ……」

エレナもちょうど洗い終わって、レクスの横で湯に浸かる。表情にあまり変化はないが、ご満悦の様子だ。

「エ、エレナ。暑苦しくないですか？」

レクスはエレナとの距離が近すぎて、頰を赤くしていた。

「ううん……ここがいいの」

レクスの問いにエレナはそう答えた。断固として離れるつもりはないようだ。

「そ、そうですか……」

レクスは内心、自分の心臓の音が聞かれるんじゃないかと思いながらも、エレナが言うのであれば仕方がないと恥ずかしさを堪えた。

「やっと見つけた……私の居場所……」

エレナはそんな事を呟き、レクスの肩に頭を預けて眠ってしまった。その口元にはわずかに笑みが浮かんでいた。

「本当に仕方ないですね」

レクスは苦笑しつつも、エレナの頭を撫でたのだった。

＊＊＊

レクスがセドリック伯爵との交渉に勝利した数日後——

「はあ⁉　あのガキを逃した⁉」

バー兼闇ギルドでひどく怒り、大声で怒鳴り散らしたのはルービアだ。

他の客はルービアの大声に驚いていたが、すぐに興味を失ったようだ。

ルービアに怒鳴られた張本人、闇ギルドのマスターは申し訳なさそうな表情を浮かべていた。

「ああ、こればかりは本当にすまねえ」

ルービアは自分が出した依頼の結果を聞きに来ていた。というのも、依頼を出してからいつまで経っても達成したという報告がなかったからだ。

そうして闇ギルドまで足を運んだ結果、依頼失敗を聞かされ、ルービアは怒ったというわけだった。

依頼を受けたパーティは捕まり、コルステンの拘置所に送られたという。仮にも、闇ギルドからSランク認定を受けたパーティがそうそうヘマをやらかすはずがない。となると、自然と一つの結論が導かれる。

「……ルービア。そのレクスとかいう少年は相当な実力者なのだろう。あの宵影ですら駄目だったんだ。もううちじゃ手に負えねえ」

マスターの言葉にルービアは舌打ちした。

「要するに、この依頼はこれで打ち切ると、そう言いたいのね？　わかったわ、もういい。依頼達成料の五百万セルク、返して！」

ルービアは再びマスターに怒鳴りつけた。

「ああ、わかった」

マスターは頷くと、カウンターの奥に引っ込んでいく。しばらくして、五百万セルクの入った袋を持って戻ってきた。ルービアは強引にそれを奪い取ると、足早に闇ギルドをあとにした。

「本当にすまねえ……」

マスターは、去っていくルービアの背中に申し訳なさそうな表情で呟いた。

＊＊＊

それからさらに数日後の冒険者ギルド。

「これ、お願いします」

レクスは、受注していた依頼内容のトレントの枝二十本と依頼書を取り出し、受付嬢――ルービアに渡した。

「……はい、確かに」

ルービアは淡々と依頼書に印を押し、報酬である十五万セルクをレクスに手渡した。

「ありがとうございます」

レクスはいつも通り、律儀に礼を言って報酬を受け取り、冒険者ギルドの出口へ向かった。

「またお越しくださいｌ」

ルービアは顔に営業スマイルを張りつけていた。

「この無職のガキめ……私が必ず始末してやるわ……！」

ルービアはボソッと周囲に聞こえない程度に呟き、レクスが出ていった冒険者ギルドのドアを睨みつけたのだった。

＊＊＊

「団長！　わかりましたよ！　レ……んんっ、少年の暗殺依頼を受注した組織が！」

ディベルティメント騎士団の副団長ロードリックは、騎士団本部の団長室のドアを勢いよく開けるや否や、報告した。

レクス君と言いかけたが、咳払いでなんとか誤魔化す。

「本当!?」

自分のデスクで資料を見ながら唸っていたフィアは、ロードリックの言葉を聞くと席を立ち上がった。

ロードリックが頷く。

「ええ、王都のカフス地区にある〝ブレッズ〟というバーです！　表向きはただのバーのようですが、夜には暗殺者が多く出入りする闇ギルドになるとか」

「闇ギルド……？　何それ？」

フィアは初めて聞く単語らしく、首を傾げた。

「闇ギルドというのは、要はならず者が集まる場所の事です」

それからロードリックはフィアに、闇ギルドとは金のためなら手段を厭わない犯罪者の集まる場であると説明した。

「そう、わかったわ。じゃあ、明日の夜、騎士団の小隊を二つ、その闇ギルドに向かわせて現場を取り押さえる。あ、あと、私も行くから」

「わかりました。向かわせる小隊についてはこちらで決めてしまっても構いませんか？」

「ええ、構わないわ」

「では、自分はこれで失礼します」

ロードリックはフィアに一礼すると、団長室をあとにしようとする。

「ああ、ロードリック。ちょっと待って」

「……？　なんでしょうか？」

他に何かあるのか、と言いたげに首を傾げるロードリック。

「依頼した人物についてはわかったの？」

「……いえ、そこまではまだ」

フィアの問いかけに、ロードリックは少し間を空けて答えた。

「……そう。呼び止めて悪かったわね」

フィアがそう言うと、ロードリックは今度こそ団長室を去っていった。

「私の可愛いレクスを殺そうとした報い……受けてもらうわよ」

誰もいなくなった団長室でフィアは一人呟いた。

＊＊＊

同日の昼過ぎ。

「冒険者ギルド……登録したい」

「いや、しかしですね……」

レクスが冒険者ギルドで依頼を受けようと、ネスラ家の屋敷を出ようとしたところ、エレナも冒険者登録したいと言い出した。

「……レクスと一緒に冒険、したい」

エレナは断固として引き下がる気はないらしい。エレナはレクスの服の裾を引っ張ったまま離さない。

「冒険者ギルド……登録行くのっ」

エレナは少し頬を膨らませながら食い下がった。最近は感情表現が豊かになってきたようだ。

レクスは観念して溜め息を吐いた。

「わかりましたよ。冒険者ギルドに登録しに行きましょう」

結局、レクスが折れた。

エレナは小さく歓喜の声を上げ、ガッツポーズした。

「……やったっ」

「じゃあ、行きましょうか」

レクスはエレナに向かって手を差し出した。エレナはその手を握る。いつもの事だ。

レクスとエレナはそのまま冒険者ギルドへ向かった。


「ここが冒険者ギルドですよ」

レクスは目の前の建物を指差した。エレナは、声にこそ出さないものの、感嘆しているようだ。

レクスは冒険者ギルドのドアを開け、中に入る。昼過ぎという事もあって、冒険者ギルドは依頼を受ける冒険者、依頼を受け終わった冒険者で溢れ返っていた。

「おおっ……！　あの娘なかなか可愛いな」

「チッ、なんであんなガキみたいな奴と一緒にいるんだ。俺の方が数倍良いのに」

入った瞬間、好奇の目にさらされるエレナ。エレナはレクスの手をギュッと強く握った。怖いのを我慢しているようだ。

「エレナ、大丈夫ですから」

レクスはエレナの耳元で囁いた。エレナは小さく頷く。

レクスは受付へ向かった。

「あの、すみません」

レクスは受付の女性に声をかけた。

「はい、なんでしょうか？」

「えと、この子……エレナの冒険者登録をしたいのですが」

「わかりました。では、こちらに名前と職業をご記入ください」

受付嬢はそう言って、登録用紙と羽根ペンをエレナに渡した。かつてレクスもこの用紙を記入した。レクスの時は職業がなかったため、名前だけ書いて用紙を提出したのだった。その時の事は今でも鮮明に覚えている。

辛い記憶を思い出し黙り込んでしまったレクスを、エレナが心配そうに見つめていた。

「……レクス、大丈夫？」

「……ええ、大丈夫です」

レクスはエレナに笑ってみせた。

「それよりも、エレナ。文字は書けますか？」

あの時、レクスは多少の教養があったから書けたものの、他の人がそうとは限らない。特にエレナのように奴隷だった者であれば、文字を書けない人の方がほとんどである。

「書けない……」

レクスの予想通り、エレナは首を横にふるふると振った。

「じゃあ、僕が書きますよ」

レクスはエレナから登録用紙と羽根ペンを受け取り、空いている席を探して移動した。

レクスは席に着くと、早速名前の欄にエレナと記入した。

「エレナ、職業はなんですか？」

「……魔導師（ソーサラー）」

「ん？　魔導師？」

レクスは聞き覚えのない職業に首を傾げ、エレナに尋ねた。

「エレナ、魔導師について教えてもらえませんか？」

「知らないの……？」

エレナは少し驚いたような表情を浮かべた。

「はい、職業については知らない事ばかりで……」

レクスがそう言うと、エレナはほんのわずかに表情を崩した。

「……じゃあ、教えてあげる」

エレナは魔導師とはどういったものかを説明し始めた。

彼女の話を要約するとこうだ。

魔導師とは上級職魔術師のさらに上、つまり最上級職の職業だ。

魔術師よりも魔法を行使する際の魔力の消費が少ない。要は燃費がいいのだ。

さらに魔法の威力もスピードも魔術師よりも格段に上らしい。

レクスは魔導師については理解したものの、疑問に思った事があった。

「それだけの職業があったのに、なんでエレナは奴隷になったのですか？」

「それは……」

エレナは言いにくそうに俯いた。レクスはそんなエレナの様子を見て、踏み入ってはいけないと悟った。

「エ、エレナ、言いたくなかったら言わなくても……」

「ううん、いいよ。レクスになら……」

レクスの言葉を遮ってエレナはそう言った。

そして、彼女は自分の秘密を明かした。

「私、魔法を使えないの……」

レクスはそれを聞いて、困惑した。

魔導師なのに魔法が使えない？　それは一体どういう事だろうか。

エレナはさらに説明を加えた。

「私、魔法を使うための魔力がないから……呪いのせいで」

〝呪い〟という単語に引っかかりを覚えたレクスは、エレナに尋ねた。

「エレナ、ステータスを見せてもらっていいですか？」

「……ステータス？　見られるの？」

「ええ、見られますよ」

たぶん、説明されるより見た方が早い。

「わかった。いいよ……」

エレナの承諾を得たので、レクスは『見る』を発動した。すると、レクスの目の前にエレナのステータス画面が浮かび上がった。

○エレナ
【ＬＶ】１２
【職業】魔導師
【体力】５１２４／５１２４　【魔力】０
【攻撃力】４１５３　【防御力】３８６８
【素早さ】４０２１　【知力】７０１４
【スキル】
『魔導の心得』『魔導の真髄』『魔力枯渇』
【アビリティ】
『魔導の心得』――『魔力消費量削減』『高速詠唱』
『魔導の真髄』――『威力上昇』『速度上昇』

レクスはエレナのステータスをじっくり見る。確かにエレナの言う通り、魔力はゼロだった。その原因がなんなのかは、大体見当がついた。

『魔力枯渇』……これがエレナの言う呪いですか？」

レクスの問いにエレナは小さく頷いて答えた。

「……私、このスキルのせいで、今までろくに魔法も使えなかった。だから、魔法の勉強を途中で諦めたの。お父さんとお母さんも早くに亡くなって行くあてもなかった。食べるものもなかった私はさまよい歩いてるうちに気を失って、気づいたら奴隷になっていたの……」

エレナはポツリポツリとレクスに語った。レクスはエレナも自分と同じような境遇だった事に心を痛めた。

レクスの場合は、適性検査の時に判明した『日常動作』スキルが原因で両親に追い出された。しかし、そのスキルのおかげで、王都にたどり着く事ができたレクスに対して、エレナは奴隷になってしまった。そう考えると、レクスより酷い境遇だったのかもしれない。

「……大変でしたね」

レクスは、エレナを優しく抱擁（ほうよう）した。今のレクスにできる事は、エレナのそばにいるくらいだった。

「うん、大変だったよ……」

エレナは大粒の涙をポタポタとこぼした。レクスは周囲の人に見えないようにエレナを抱きしめた。しばらくして、泣き止んだエレナが顔を上げた。

「……グスッ……ごめん、なさい。こんな、みっともない姿を見せて……」

エレナは頬を伝う涙を袖で拭った。

「大丈夫ですよ、エレナ」

レクスはポンポンとエレナの背中を優しく叩いた。他の冒険者から羨望や嫉妬の眼差しが向けられていたが、そんな事は一切気にならなかった。

(『魔力枯渇』……どうにかならないんでしょうか?)

レクスはエレナを落ち着かせながら、そんな事を考えていた。『魔力枯渇』さえなくなれば、エレナを長年の苦しみから解放できるはずだ。

そこまで考えたところで、レクスはある事に気が付いた。

(ん? 取り除く? ってああ! あるじゃないですか、うってつけのスキルが!)

「エレナ、もしかしたら『魔力枯渇』を取り除けるかもしれません」

エレナはレクスが突如放った言葉に目を見開いた。

「……本当?」

「ええ、確実とは言えないのですが……」

思いついたアイデアを試す前に、レクスはひとまずここに来た目的を果たす事にした。

「ここではなんですし、まずは冒険者登録を済ませてからにしましょう」

レクスとエレナは記入し終わった登録用紙を持って、受付へ向かった。

「こちらがエレナ様のギルドカードになります」

受付を終えてしばらくして、受付嬢が発行されたばかりのギルドカードをエレナに渡した。エレナは、おそるおそるそれを受け取った。

「それでは、また何かありましたらお越しください」

受付嬢の言葉を背に受け、レクス達は冒険者ギルドをあとにした。

＊＊＊

「ふう、とりあえずここまで来れば大丈夫ですね」

レクスは冒険者ギルドの近くの細道まで来て呟いた。ここなら人も通らないし、さっきのように冒険者達から睨まれる事もない。

「エレナ、今から『魔力枯渇』を取り除きますよ？」

レクスの問いに小さく頷くエレナ。レクスは一度大きく深呼吸し、それを発動した。

「『取る』！」

すると、エレナの体が淡く発光し始めた。

その光は段々と強くなっていき、次第に弱まっていく。

「んっ……力が溢れてくるみたい……」

わずかに驚いたような表情を浮かべたエレナが呟いた。

レクスは『魔力枯渇』が取り除けたかどうかを確認するために、『見る』を発動した。

○エレナ
【ＬＶ】１２
【職業】魔導師
【体力】５１２４／５１２４　【魔力】５３９６７／５３９６７
【攻撃力】４１５３　【防御力】３８６８
【素早さ】４０２１　【知力】７０１４
【スキル】
『魔導の心得』『魔導の真髄』
【アビリティ】
『魔導の心得』――『魔力消費量削減』『高速詠唱』
『魔導の真髄』――『威力上昇』『速度上昇』

レクスはエレナのステータスの魔力の項目を見て、驚いた。

「エ、エレナ、凄いじゃないですか！　魔力が５００００を超えてますよ……!?」

レベルはレクスの方が高いにもかかわらず、エレナの魔力はレクスのそれを大きく上回っている。

凄まじい魔力量だ。

「魔力……本当……!?」

「ええ」

驚きの声を上げるエレナにレクスは頷いた。

「……ありがとう。レクスぅ……大好き……」

「はぅ!?」

エレナはレクスに抱きつき、再び涙を流した。レクスはエレナの大好きという言葉に頬を赤くする。

「……本当にありがとう……レクス……」

「全くもう、エレナは……仕方ないですねぇ……」

今までなかった魔力が、『魔力枯渇』を取り除いた事によって戻ってきた。エレナの喜びは計り知れなかった。

レクスはエレナの背中に手を回し、そっと抱きしめた。

＊＊＊

その日の夕方——

レクスとエレナは現在、ネスラ家の蔵書室にいた。

エレナが魔法を勉強したいと言い出したので、シュレムに勉強に適した場所がないか尋ねたところ、ここに案内されたのだ。

「炎よ……我が、こ、ここに命ず……わが身を守るた、盾となれ……『炎盾（フレイムシールド）』」

エレナは今、本に書いてある『炎盾（フレイムシールド）』の鍵言語（ルーン）を覚えている最中だ。ちなみに、初級魔法は一通り覚えていたので、中級魔法から取り組んでいる。

エレナが不満げに言う。

「ねえ、レクス。もっと楽に魔法を覚える方法はないの……？」

「僕は魔法にあまり詳しくありませんので、なんとも言えないです」

レクスは本から顔を上げて首を横に振った。

なお、レクスが読んでいるのも、鍵言語について書かれている本だ。

鍵言語とは、魔法を唱える際に使う呪文のようなもの。これを少しでも勉強しておけば、シルリス学園に入学したあとの授業で困らないだろうと考えたのだ。

「そう……」

レクスの答えに、エレナは疲れた様子で溜め息を吐いた。本を読み始めた当初はとても楽しそうにしていたのだが、だいぶ疲れてしまったようだ。

渋々読書に戻ったエレナを横目に、レクスも本に目を戻す。

「ふむふむ……鍵言語は、発動したい魔法のイメージを鮮明にするために生み出されたものですか……ん？　という事は、鍵言語は自分がイメージしやすいように変えてもいいのでは？」

ふと思いついたレクスは、そのアイデアをエレナに伝えようと再び彼女の方を向いた。

「エレナ、もしかしたらその鍵言語を覚えなくても、魔法を使えるかもしれません」

「本当……!?」

エレナは顔を上げ、目を輝かせた。

「ここじゃあれですし、魔法が練習できそうな場所がないか、聞いてきましょうか」

レクスとエレナは本を片付け、再びシュレムのもとに向かった。


「魔法が練習できる場所、ですか？」

「はい」

シュレムは、食堂のテーブルを掃除していた手を止め、レクスの方を向く。

「うーん、そうですね……それなら、フィアお嬢様が普段お使いになられている訓練場がいいと思います」

「訓練場？　それはどこでしょうか？」

レクスが尋ねると、シュレムは笑って答えた。

「私がご案内しますよ」

「いやでも、仕事の邪魔をするわけには……」

「まあまあ、いいですから」

シュレムはレクス達を半ば強引に訓練場へ案内するのだった。

「ここが訓練場ですよ」

そう言ってシュレムに連れてこられたのは、地下一階にある何やら頑丈そうな扉の前。どうやらこの先が訓練場らしい。

シュレムが扉を開けると、そこには殺風景な空間が広がっており、剣やら盾やら使い古された鎧やらが置かれていた。

「では、邪魔者は掃除に戻りますね」

シュレムはニマニマしながら、颯爽（さっそう）と訓練場を立ち去った。

その意味を察したレクスは――

「ち、違いますから！」

去っていくシュレムの背中に慌てて言葉を投げかけた。

「全くシュレムさんときたら……」

「レクス……？」

不思議そうにレクスの顔を見るエレナ。レクスは慌てて取り繕った。

「あ、ああ、すみません。じゃあ、エレナ。早速魔法を練習しましょう」

「うん……」

エレナは小さく頷いた。

「僕が蔵書室で言った鍵言語を覚えなくても魔法が使えるかも、という事についてですが……エレナ、先ほど何度も復唱していた『炎盾（フレイムシールド）』の鍵言語、覚えてますか？」

「大体なら……」

エレナは少し自信なさげに答えた。

「では、唱えてみてください」

「うん、わかった」

エレナは力強く頷くと、詠唱を開始した。

「炎よ……我が、ここに命ず。えと……あ、わが身を守る盾となれ……！　『炎盾（フレイムシールド）』……！」

エレナは少し噛みながらもなんとか詠唱し、『炎盾（フレイムシールド）』を発動した。すると、エレナの目の前を覆うように、五角形の形の炎が現れた。一応成功したようだ。

「やった……！」

エレナは喜びをあらわにした。レクスはそんな彼女の頭を撫でてやった。エレナは嬉しそうに身をよじらせる。

「さて、魔法はエレナが今やったように、鍵言語を唱える事で発動できます。鍵言語はどんな魔法を発動したいかを想像する、補助の役割を担うものですから。しかし、鍵言語は必ずしも一つではないと僕は考えました」

「……どういう事？」

エレナは意味がわからないというふうに首を傾げた。

レクスは補足する。

「つまり、自分の想像しやすいように鍵言語を作り変えてもいいという事です。そうですね……

「じゃあ、エレナが先ほど使った『炎盾』で試してみましょう」

レクスはエレナと同じように詠唱を始めた。レクスが先ほど言った事は仮説であり、成功する保証はどこにもない。しかし、レクスは不思議と上手くいく気がしていた。

「炎よ……その頑強さを持って、仇なす敵から我が身を守れ！『炎盾』！」

するとエレナより一回り、いや、それ以上ある炎の盾がレクスの前に出現した。エレナはその光景に目を見開き、驚いていた。

「ふぅ……」

レクスは、自分の仮説が正しかった事を喜ぶと共に、成功してホッと安堵の息を吐いた。

「レクス、凄い……！」

エレナはレクスがどうやって魔法を行使したのか、気になってしょうがない。

早く教えてくれと、レクスにせがんだ。

「お、落ち着いてください。ちゃんと教えますから」

そんなエレナをレクスは宥めた。

レクスはコホンと咳払いし、場を仕切り直す。

「じゃあ、先ほど僕がやった事について教えますよ。よく聞いてくださいね？」

「うん」

エレナは小さく頷いた。

「では、まず――」

レクスはこのあと、数時間にわたってエレナに魔法の仕組みを説明したのだった。

＊＊＊

レクスがエレナに鍵言語と魔法について教えた翌日の夜――

ディベルティメント騎士団の精鋭達は、レクスの暗殺依頼を受注した闇ギルドを包囲していた。違法な依頼受注を取り締まるためだ。

「第三小隊、配置完了した模様です」

伝令係が第二小隊の小隊長ロイドに、小隊配置の完了を報告した。ロイドの隣にはディベルティメント騎士団団長フィアの姿もあった。

「了解。団長、突入しますか？」

ロイドがフィアに尋ねた。

「……ええ」

フィアはロイドの言葉に頷いた。

そして――

「突入！」

フィアのかけ声を合図に、第二小隊のメンバーとフィアを中心に結成された少数の精鋭部隊は正面のドアから突入した。

「なんだ!?」

「き、騎士団だ、騎士団が入ってきやがった！」

「に、逃げろ！」

突入した瞬間、中にいた人々が騒ぎ出した。騎士団から逃れようと裏口にぞろぞろと流れ込んでいく。どうやら中にいた者は皆一様にやましい事があるらしい。しかし——

「くそっ、こっちの方にもいやがった！」

「ぐはあぁっっっ……」

「があぁぁ!?」

裏口に待機していた第三小隊に蹴散らされた。フィア達も向かってくる者を次々と無力化していく。

そうしていくうちに残ったのは、カウンターに佇（たたず）む男、ただ一人だった。バー兼闇ギルドを経営しているマスターだ。

フィアはつかつかと歩み寄っていき、尋ねる。

「あなた、ここを経営してるマスターね？」

「……ああ、そうだ」

闇ギルドのマスターは、観念したように頷いた。

「詰所まで来てもらうよ」

フィアはマスターの腕をきつく、それはもう血が止まるんじゃないかというくらいに強くロープで縛り上げた。マスターはあまりの苦痛に顔を歪めた。

「団長、他の者達は？」

第三小隊の小隊長カイルがフィアに問う。

「あとは全員、コルステンの拘置所に」

「わかりました。そのように手配します」

カイルは一礼すると、第三小隊のメンバーと共に気絶している他の者達をロープで次々に縛っていった。

こうして、一夜のうちにバー兼闇ギルドのブレッズは壊滅したのだった。

＊＊＊

翌日――

レクスとエレナの二人は、エレナの初依頼を受けるため、冒険者ギルドに来ていた。

「エレナ、どの依頼を受けますか？」

レクスは掲示板に張り出されている依頼とエレナを交互に見ながら問う。

「これにする……」

エレナはそう言うと、一枚の紙を掲示板から剥がす。

レクスは横からその依頼書を覗き見た。

「報酬も良いし、魔法の練習にもちょうどいい……」

「じゃあ、その依頼書を受付に出してきましょう」

レクスはエレナの手を引き、受付に並んだ。しばらく待っていると、レクス達の番になった。

「すみません、この依頼を受けたいのですが」

レクスは依頼書を受付嬢に渡した。受付嬢は「かしこまりました」と笑顔でその依頼書を受け取り、印を押して、レクスに返した。

(この際ですし、パーティ登録もしちゃいましょうかね)

レクスはエレナとパーティを組む事にした。

レクスにとって初のパーティ登録だ。

その旨を受付嬢に伝える。

「それでしたら、こちらの用紙にパーティ名とパーティメンバーのご記入をお願いします」

受付嬢はパーティ登録用紙と羽根ペンをレクスに渡した。レクスはそれを受け取り、近くの空いている席に腰を下ろす。

レクスは早速パーティメンバーの欄にレクス、エレナと書き込んだ。

あとはパーティ名を決めるだけだ。

「パーティ名ですか……うーん、エレナ、いい案とかあります?」

レクスはしばらく考えたものの思い浮かばなかったので、エレナに聞いてみた。

「……それじゃあ、ギデオンなんてどう?」

「ギデオン……ですか」

レクスはその言葉の意味を考えた。

（確かギデオンは切り倒すっていう意味でしたかね。ちょっと物騒かもしれませんが……それくらいがちょうどいいのかもしれません）

レクスは一つ頷いて、顔を上げた。

「そうですね、ギデオンにしましょうか」

レクスはパーティ名を記入し、受付でパーティ登録用紙を提出した。

「はい、これでパーティ登録は完了しました」

受付嬢はそれに印を押して言った。

レクスは受付嬢に会釈して、エレナの手を取った。

「それじゃあ、行きましょうか」

「……うん」

エレナは小さく頷いた。

レクス達は冒険者ギルドを出て、先ほどエレナが受けた依頼の目的地であるブランカ草原という場所に向かった。

レクス達はブランカ草原に到着すると、依頼内容であるブルースライムを討伐していた。

敵の数は四体だ。

「エレナ、来ましたよ！」

「んっ……任せて……」

エレナは頷いて詠唱を開始した。

「我が願うは土なり……その硬さをもって敵を討て……『岩弾(ロックバレット)』！」

エレナは眼前に、拳三個分の大きな土の塊を四つ作り出す。

ブルースライムの属性は水だ。そして水の弱点は土と言われている。エレナはその弱点を狙ってこの魔法を選んだのだろう。

四つの『岩弾(ロックバレット)』は四匹のブルースライムに向かって飛んでいく。

「ピギャ⁉」

ブルースライム達は『岩弾(ロックバレット)』の直撃を受けてペチャッと飛び散った。

「やった……！」

エレナはブルースライムを自分の魔法で討伐し、喜びをあらわにした。

「良かったですね」

レクスはエレナの頭を優しく撫でてやった。嬉しそうに身をよじらせるエレナ。

レクスがそんなエレナに思わず見とれていると――

「ん？」

突如レクスの目の前にブルースライムのステータスが現れた。

「僕はブルースライムを一匹も倒してないはずなんですけど……」

突然の事態にレクスが戸惑っていると、ふと思い当たった。

「パーティメンバーだからですかね？」

しかし確信はない。レクスはひとまず考えるのをやめ、『取る』項目を選ぶ事にした。

「ステータスの方は見た感じだと役に立たなさそうですね」

レクスはスキルの欄に注目した。

「『吸収』と『消化』ですか」

ブルースライムは見慣れないスキルを持っていた。

何に使えるかはわからなかったが、レクスはひとまず四匹のブルースライムから『吸収』と『消化』を取る事に。

○レクス
【ＬＶ】２９
【体力】２６４７５／２６４７５　【魔力】２８９８６／２８９８６
【攻撃力】５３６６０　【防御力】２８４３２
【素早さ】３３２５７　【知力】１７５６４
【スキル】
『日常動作』『棒術・真（２／１５）』『脚力強化（中）（０／１０）』
『威圧（中）（０／１０）』『突撃（２／１０）』『水魔法（４／５）』『風魔法（５／１０）』

『飛翔（1／10）』『共鳴・上（0／15）』『超重斬撃（1／10）』『吸収（4／5）』

『消化（4／5）』


【アビリティ】

『棒術・真』――『強硬』『器用』『強打』『魔力纏』『連撃』

『水魔法』――『初級魔法』

『風魔法』――『初級魔法』『中級魔法』

『飛翔』――『安定』『速度上昇』

『共鳴・上』――『反射』『効果範囲拡大』『密集』『増幅』

『超重斬撃』――『威力上昇』『重力纏』

『吸収』――『体力吸収（3％）』

『消化』――『麻痺打ち消し』


「『消化』についているアビリティは意外に凄いですね」

今はまだ、麻痺攻撃してくる魔物に出会った事はない。しかし、麻痺攻撃を受ければ体が動かなくなる事くらいレクスでも知っている。それを打ち消せるのであれば、かなり役に立つだろう。

『吸収』のアビリティである『体力吸収（3％）』の方は色々と試してみないとまだわからないが。

レクスはいつも通り素材を全て回収し、エレナに声をかけた。

「じゃあ、行きましょうか」

「うん」

そこでレクスはある事に気付いた。

（あ、そういえば、まだ袋からレインを出してませんでした。エレナにもあとで紹介しないとですね）

そんな事を考えながら、レクスはエレナと共にブランカ草原を進んでいった。


ブルースライムをあらかた倒し終わったので、レクス達は冒険者ギルドに戻ってきた。

「これ、お願いします」

レクスは、瓶詰めにしたブルースライムの液体七個と依頼書を取り出し、受付嬢に提出した。

「はい、確かに」

受付嬢は依頼書に印を押すと、報酬の五万セルクをレクスに渡した。

「エレナ、今回の報酬ですよ」

レクスはエレナに報酬を手渡す。

しかし、エレナは首を横に振った。

「いい……レクスが持ってて」

「で、でも」

「私、お金入れるもの、持ってないから……」

エレナに言われて、レクスはそういえばそうだったと思い出した。

「そうでしたね。わかりました」

レクスは頷くと、報酬を自分の袋の中に入れた。

「じゃあ、行きましょうか」

そうしてレクス達は冒険者ギルドをあとにした。


冒険者ギルドからの帰り道——

「そういえば、レインの食料がそろそろ底をつきそうでした」

レインの餌は普段レクスがあげている。食材を自分で買ってきて、厨房を借りて軽く料理して、レインに食べさせる。レインの事をネスラ家の人達に言う前は、趣味だの小腹が減っただので誤魔化していたが、今となってはもうその必要はない。

以前、シュレムが「私が作りますよ」と提案してくれたが、レクスは断った。

自分で連れてきた手前、他人に任せる事はできない。

シュレムもレクスの意図を察して任せてくれた。

「エレナ、ちょっと寄り道してもいいですか？」

「……うん、いいよ」

エレナの承諾も得たので、レクスは行きつけの店に向かった。

「こんにちはー」

「おやぁ？　その声はレクス君だね？」

野菜やら果物やらがたくさん並ぶ屋台のような場所。

表には〝ミューゼ〟という看板が出ていた。

カウンターには、耳が長く、金髪のロングヘアーに眼鏡をかけたエルフ族の女性――カーラの姿があった。

「カーラさん！」

レクスが最近――といっても数週間前だが――初めてレインの食料の買い出しに来た時に知り合ったのだ。それ以来、こうして会話を交わす仲になった。

「レクス君、その子は？」

カーラはレクスと手を繋ぐ少女を見ながら尋ねた。

「彼女はエレナです」

レクスが紹介すると、エレナは少し恥ずかしそうにしながら小さく頭を下げた。

「ふ～ん……？」

何か言いたげな眼差しでレクスを見やるカーラ。

しかし、しばらくして、「まあ、いいか」と意味ありげな笑みを浮かべた。

レクスは深く追及されなかった事にホッと安堵の息を吐いた。

それからレクスはいつも通り、レインの餌を選ぶ。

メーラという赤く熟れて甘い果物、コールという葉っぱのような野菜、カロータというオレンジ色の甘い野菜、パンプルムスという酸っぱい果物などを手に取って、カーラさんのいるカウンターへ。

「いつもたくさん買ってくれるし、お安くしておくよ」

「ありがとうございます！」

レクスは袋から代金を取り出しながら、礼を言った。

「いいよ、いつも贔屓にしてもらってるし。それに君はまだ子供だからね」

カーラはニッコリと笑った。

「こ、子供じゃありませんよ！　もう成人してます！」

十二歳を迎えて、適性検査を受ければもう立派な成人なのだ。子供呼ばわりされる覚えはない。

だが、カーラはレクスの頭をぽんぽんと叩いた。

「私からすれば、まだまだ子供だよ」

「……まあいいです。これ代金です」

「はい、毎度あり！」

レクスから商品のお代を渡されたカーラは微笑んだ。

「エレナ、帰りましょう」

「うん……」

エレナは小さく頷いた。

「また来てね！」

カーラの言葉を背に受け、レクス達はミューゼをあとにした。

＊＊＊

レクス達が楽しく買い物をしている頃——

「ああ……！　もうなんなのよ！」

受付の仕事のため冒険者ギルドへ向かう道中、ルービアは怒っていた。

「あのガキを始末できず、挙げ句の果てには店まで潰されるなんて」

闇ギルドブレッズは先日、ディベルティメント騎士団によって摘発されてしまった。ルービアの身も危ういだろう。

「ただ無職のガキを始末するだけなのに……どれだけ手間をかけさせれば気が済むの！」

考えるだけでもイライラが増すルービア。

「今日始末するしかないわ」

いつルービアの身元を特定されるかわからないため、やるなら今日しかない。

「無職なんて、この世界に必要ないのよ……」

ルービアは歪んだ表情で自身の腰に差してあるダガーを触り、呟いたのだった。

＊＊＊

翌日の冒険者ギルド――

「この依頼を受けたいのですが……」

レクスが受付嬢――ルービアに差し出したのは、Eランク以上推奨の依頼書だった。その内容は、シャープスネークという魔物の表皮八個の採取だ。

しかし、ルービアは申し訳なさそうに別の依頼書をレクスに見せた。

「大変申し訳ないんですが……こちらの依頼を受けてはもらえませんか？」

ルービアはその依頼書をレクスに渡す。レクスはそれを受け取り、目を通した。

難度はレクスが選んだものと同じEランク以上推奨。

内容は毒消し草二十本以上の採取で、報酬は六万セルクとEランクにしては良い額だ。

「実は最近、毒消し草が不足していて、非常に困っていたんですよ」

ルービアが困ったような表情で言った。レクスはパーティメンバーであるエレナに尋ねた。

「エレナ、どうしますか？」

「……いいよ」

エレナはしばらく考えた末に答えた。レクスは頷いて、再びルービアの方を向いた。

「じゃあ、その依頼を受けたいと思います」

「ありがとうございます！　助かります！」

ルービアは大げさに頭を下げた。

「いえいえ、そんな大げさな……」

レクスはルービアの様子に苦笑いした。

「そんな事はないです。本当に困っていたところなのでとてもありがたいです」

ルービアは毒消し草採取の依頼書に印を押してレクスに渡した。

「行きましょう、エレナ」

「うん……」

エレナは小さく頷いた。

レクスはエレナの手を引き、依頼の目的地、ユビネス大森林帯に向かった。

＊＊＊

「あははは……あっはっはっは！」

誰もいない冒険者ギルドの休憩室で、ルービアは高笑いした。

「またこうも簡単に騙されてくれるなんて……馬鹿としか言いようがないわ！」

以前、宵影に襲われた事を考えれば、直前に依頼を変更させたルービアを疑ったはずだ。しかし、
レクスは今回もなんの疑いもなく依頼を引き受けた。

「どんだけお人好しなのよ！」

ルービアはしきりに笑い続けた。

「ふぅ……それにしてもあの少女は誰かしら？　以前はいなかったはずだけど。確かあのガキはエレナと呼んでいたわよね」

ルービアは少し考え込むが、やがて顔を上げた。

「まあ、一人増えたところで関係ないわ。あの忌々しい無職を殺す事に変わりはない。まあたぶん、あのエレナって子も殺す事になるだろうけど……お気の毒ね」

そしてまたルービアは笑った。それはもう、歪みに歪んだ表情で。

「必ず殺す。殺してしてやるわ……！」

それからルービアは体調不良を理由に他の受付嬢に仕事を代わってもらい、ユビネス大森林帯に先回りするのだった。

＊＊＊

ユビネス大森林帯――

「隙だらけよ……？」

ルービアは現在、黒装束を身につけ、木の陰に潜んでいた。

視線の先には、呑気に毒消し草を採取するレクスとエレナの姿がある。

ルービアは気付かれないように、レクス達からかなり距離を取っていた。

レクス達が全く警戒していない今がチャンスだ。

そう思ったルービアが駆け出そうとした瞬間――

「!?」

ルービアは、レクスがこちらを見た気がした。彼女は慌てて木の陰に隠れる。

レクスはあたりをキョロキョロと見渡すと首を傾げ、再び毒消し草を採取し始めた。

(ふぅ、危ない、危ない。見つかるところだったわ。あのガキ、勘だけはいいようね)

ルービアは一度深く息を吸って、呼吸を整える。

「よし、今度こそ――」

仕切り直して、ルービアが再度突撃しようとしたその時だった。

「そこまでだ」

突如、男性の声がしたかと思うと、ルービアは後ろから長剣を突きつけられた。その気配を察したルービアは驚愕の表情を浮かべる。

後ろを振り向くと、そこには――

「ま、まさか……ディベルティメント騎士団!?」

男性の纏っている鎧を見て、さらに驚くルービア。

「どうしてここに騎士団が……!?」

「――レ……んんっ。あの少年に護衛をつけといて良かったわ」

そう言って奥から姿を現したのは、ディベルティメント騎士団団長――フィアだった。その表情には安堵の色が浮かんでいる。

「あなたね？　私のレク……んんっ、あの少年の暗殺依頼を闇ギルドに出したのは？」

「い、いや、その……」

フィアの剣幕にルービアは思わずたじろぐ。

フィアはさらにルービアに詰め寄る。

「あ・な・た・ね！」

怒りをあらわにして迫ってくるフィアに、ルービアは――

「くそっ！」

腰に差したダガーを抜いて、フィアに迫った。その速さは並大抵の者には追えない速度だった。

しかし、相手が悪い。

キイイイイイイイン！

「なっ!?」

驚きの声を上げたのは、ルービアだった。彼女のダガーは弾き飛ばされ、背後の地面に突き刺さっている。

フィアはルービアの鳩尾を剣の柄で打ちつけた。

「がはぁっ……！」

ルービアは呻き声を上げると、そのまま地面に崩れ落ちた。

「詰所に連れていって」

フィアが鞘に剣を収めながら指示する。先ほどルービアに剣を突きつけた男性がルービアをきつく縛り上げて、詰所まで運んでいった。

「レクス、エレナ……冒険者、頑張ってね」

フィアは二人を遠くから見ながら呟くと、男性と共に森を引き返していく。

こうして、ルービアは捕らえられた。レクスに忍び寄る悪は、彼の知らないところで完全に消え去ったのだった。

＊＊＊

一連のいざこざなどつゆ知らず、レクスとエレナは毒消し草の採取依頼をクリアして、ギルドに戻ってきていた。

「これ、お願いします」

レクスは袋詰めにした毒消し草二十本と依頼書を受付嬢に提出した。

「はい、確かに」

受付嬢はそれらを受け取り、依頼書に印を押して、報酬である六万セルクをレクスに渡した。

「ありがとうございます」

レクスはエレナにも報酬を分ける。

「ありがと……」

エレナはそれを受け取ると、レクスが昨日作った袋の中に入れた。

もちろん、魔法袋である。

「またお越しください」

レクス達は受付嬢の言葉を背に受け、冒険者ギルドをあとにした。


「それにしても、あれはなんだったのでしょうか？」

冒険者ギルドからの帰り道、レクスはユビネス大森林帯での出来事を思い出していた。

毒消し草を集めている最中、レクスの目の前にあの画面が表示されたのだ。

◇『見る』を使用しますか？　はい／いいえ

それは、ルービアが近くに潜んでいる事を知らせる画面だった。

しかし、画面が現れたのは一瞬で、レクスが「はい」を選択しようとした瞬間消えてしまった。

今までそういった事はなかったので、レクスは困惑していた。

（『日常動作』については、わからない点が多いですね。これからもまだまだ知らない効果が出てきそうです）

レクスはそんな事を思いながら、苦笑を浮かべた。

「……？　レクス、どうしたの？」

黙り込んでいるレクスを不思議そうに覗き込みながら、エレナは尋ねた。

レクスは笑って誤魔化した。

「……いえ、なんでもありませんよ。帰りましょうか、ネスラ家に」

「むぅ……なんかはぐらかされた気がする……」

頬を膨らませ、不満そうなエレナの手を引きながら、レクスはネスラ家へ向かう。

こうして帰る家がある。

それだけで今のレクスには十分だった。

エレナやフィア、シュレムを始めとした、レクスを受け入れてくれる温かい人達に囲まれる生活は、村を追い出された時には到底想像できないものだった。

家族に見放された時はさすがに応えた。でも、今は新しい家族と呼べる人達がいる。

スキル『日常動作』もわからない事ばかりだけど、まだまだ隠された力がありそうで、それがレクスにとっては楽しみだった。

ようやく手に入れた自分の居場所。

これからも冒険者として、皆と楽しく過ごせたらいい。

レクスはそんな事を考えて、エレナの手をぎゅっと握ったのだった。

終章　ルービアの過去

ルービアは母が嫌いだった。

幼き頃、ネイピアという名前だった女の子は、無職の母から生まれた。

父はネイピアが生まれて間もなく病気で他界し、ネイピアは母と二人暮らしをしていた。

ネイピアの職業は〝暗殺者(アサシン)〟。上級職と言われ、重宝される職業である。

ネイピアの適性検査が終わり、使える職業だとわかった途端、母は豹変した。

「あなた暗殺者でしょ！　私の生活費を稼いできなさいよ！　この穀潰し(ごくつぶ)！」

「やだよ……！　魔物だって怖いし……！」

こんなふうに毎日言い合いになった。母はなんの仕事にもついていないにもかかわらず、ネイピアに働く事を求めた。

ただ、母も好きでそうしているわけではなかった。

無職の彼女はどこへ行っても無能扱い。まともに仕事にありつけなかったため、娘に暴言を吐き続けるしかなかったのだ。

そんな暮らしだったので、ネイピアの家はその日生きていくのがやっとだった。

結局、ネイピアは働きに出た。いくら上級職暗殺者とはいえ、十二歳の少女だ。適性検査が終わって間もないため戦闘経験は皆無。当然、魔物と対峙した事だってない。職業があっても経験が伴わないようでは、魔物と戦ったところですぐに死んでしまうだろう。

ネイピアは上手く稼ぐ事ができなかった。

「もう嫌なのよ……こんな生活……！」

ある日、頭を抱えながらネイピアの母はそう言った。母はしばらく唸り続け、やがて妙案でも思いついたのか、「ああ、そうだ……」と顔を上げる。

「あなた、この家を出ていきなさい！」

「え……？」

ネイピアは驚きと恐怖に満ちた表情を浮かべた。それほどまでに、その時の母の笑みは不気味だった。

「金も稼げないような役立たずなんて、うちには要らないわ！」

母は家のドアを開け、ネイピアを押し出そうとする。

「い、嫌……！」

ネイピアは必死で抵抗するが、母の力には敵わず、家から追い出されてしまった。

母はネイピアを突き出すと、すぐさま家の鍵を閉めた。

「ママ！　ねえ、ママ！　開けてよ！」

ネイピアはドアを叩くが、返答はなかった。

こうして、ネイピアは路頭に迷ってしまった。

「確かここを下っていけば、王都に行けるはず……」

家を追い出されて一時間近くが経過していた。

ネイピアは王都を目指し、川に沿って進んでいた。奇跡的にまだ魔物には出くわしていない。

しかし――

ガサガサ……ガサガサ……

木の茂みから音が聞こえた。何か潜んでいるようだ。ネイピアはゴクリと息を呑み、音のする方を向いた。

そこに現れたのは――

「オ、オーク……」

ネイピアの体より二回り……いやそれ以上はある緑色の巨体に、豚のような醜い顔。

オークは獲物を見つけた喜びに歓喜の雄叫びを上げた。

「ブモオオオォォォォ！」

「ひっ……！」

ネイピアはその声に思わず、後退った。

だが、ネイピアが足をつこうとした先に地面はなかった。

そこにあったのは、川。流れもかなり速い。

「きゃあああぁぁぁぁ！」

ネイピアはそのまま流されていった。


「げほっ、げほっ」

ネイピアは地面に手をつき、咳き込む。

川に流されている時、ネイピアの視線の先に川から突き出している岩があった。ネイピアはなんとかその岩に掴まり、岸までたどり着いたのだった。

「なんで私がこんな目にあわなきゃいけないの……？」

何も悪い事はしてないのに。悔しさに歯を食い縛った。涙が頬を伝う。

「私がなんの役にも立たないから？　いや、違う……私は役立たずなんかじゃない……！」

ネイピアはキッと顔を上げた。

「……ママが何もできない無職だったからだ……！」

自分は悪くない。全ては母が無職だったから。

無職がこの世からいなくなれば、自分のような目にあう人だっていなくなるはず。

「無職なんか、この世に必要ない……」

ネイピアはこの日を境にして、普通の女の子ではなくなり、人格が歪んでしまった。

そんな彼女が、無職の男の子を殺そうと企むところまで落ちてしまう事を、この時は誰も知らなかった。

◉定価：本体1200円+税　◉ISBN 978-4-434-27775-7
◉illustration：紺藤ココン

神スキル『アイテム使用』で異世界を自由に過ごします
1・2
雪月花
Setsugekka
ガラクタ漁りから始まる痛快逆転劇!
ゴミアイテムも『使用』すれば
神スキルに大変身!?

勇者召喚に巻き込まれて異世界に転移した青年、ユウキ。彼は『アイテム使用』といういかにもショボい名前のスキルを授かったばかりに、城から追い出されてしまう。ところがこの『アイテム使用』、使ったアイテムから新しいスキルを得られるとんでもない力を秘めていた!! 防御無視ダメージの『金貨投げ』や、身体の『鉱物化』『空間転移』など、様々な便利スキルを駆使して、ユウキは自由気ままな異世界ライフを目指す!?

◆各定価:本体1200円+税　◆Illustration:にしん

解体の勇者の成り上がり冒険譚
Kaitai no Yusha no Nariagari Boukentan....
1・2
無謀突撃娘
muboutotsugekimusume
勇者パーティを追放されたけど…
地味すぎる特技
解体技術で
知らぬ間に下剋上!?
追放から始まる、異世界逆転ファンタジー!
魔物の解体しかできない役立たずとして、勇者パーティを追放された転移者、ユウキ。実はあらゆる能力が優秀だった彼は、勇者パーティを離れたことで、逆に異世界ライフを楽しみ始める。一方その頃、解体技術を軽視し、いつもユウキを小馬鹿にしていた勇者たちは窮地に追い込まれていた。そして、何もかも上手くいかなくなった彼らの怒りの矛先は――ユウキに向かうのだった。
◉各定価:本体1200円+税　◉Illustration:鏑木康隆
解体の勇者の成り上がり冒険譚
2
無謀突撃娘
コツコツ解体作業ばかりしていたら
貴族に昇格しました!?

辛い出来事ばかりの人生を送った挙句、落雷で死んでしまったOL・サキ。ところが「不幸だらけの人生は間違いだった」と神様に謝罪され、幼女として異世界転生することに！　サキはお詫びにもらった全属性の魔法で自由自在にスキルを生み出し、森でまったり引きこもりライフを満喫する。そんなある日、偶然魔物から助けた人間に公爵家だと名乗られ、養子にならないかと誘われてしまい……!?

◉定価：本体1200円＋税　◉ISBN：978-4-434-27440-4

◉Illustration：花染なぎさ

この作品に対する皆様のご意見・ご感想をお待ちしております。

おハガキ・お手紙は以下の宛先にお送りください。

【宛先】

〒150-6008 東京都渋谷区恵比寿 4-20-3 恵比寿ｶﾞｰﾃﾞﾝﾌﾟﾚｲｽﾀﾜｰ 8F
（株）アルファポリス　書籍感想係

メールフォームでのご意見・ご感想は右のＱＲコードから、
あるいは以下のワードで検索をかけてください。

アルファポリス　書籍の感想　検索

ご感想はこちらから

本書は Web サイト「アルファポリス」（https://www.alphapolis.co.jp/）に投稿されたものを、改題・改稿、加筆のうえ、書籍化したものです。

スキル『日常動作』は最強です

～ゴミスキルとバカにされましたが、実は超万能でした～

メイ

2020年 9月30日初版発行

編集－今井太一・芦田尚・宮坂剛
編集長－太田鉄平
発行者－梶本雄介
発行所－株式会社アルファポリス
〒150-6008 東京都渋谷区恵比寿4-20-3 恵比寿ｶﾞｰﾃﾞﾝﾌﾟﾚｲｽﾀﾜｰ8F
TEL 03-6277-1601（営業）　03-6277-1602（編集）
URL https://www.alphapolis.co.jp/
発売元－株式会社星雲社（共同出版社・流通責任出版社）
〒112-0005東京都文京区水道1-3-30
TEL 03-3868-3275
装丁・本文イラスト－かれい
装丁デザイン－AFTERGLOW
印刷－中央精版印刷株式会社

価格はカバーに表示されてあります。

落丁乱丁の場合はアルファポリスまでご連絡ください。

送料は小社負担でお取り替えします。


ISBN978-4-434-27885-3　C0093